VIRGINIA WOOLF

UN CUARTO PROPIO

Introducción y edición de Florencia Stamponi

UN CUARTO PROPIO
es editado por
EDICIONES LEA S.A.
Av. Dorrego 330 C1414CJQ
Ciudad de Buenos Aires, Argentina.
E–mail: info@edicioneslea.com
Web: www.edicioneslea.com

ISBN 978-987-718-654-3

Primera edición. Impreso en Argentina.
Esta edición se terminó de imprimir en
marzo de 2020 en Multigraphic Servicios Gráficos

Woolf, Virginia
    Un cuarto propio / Virginia Woolf ; adaptado por Victoria Rigiroli. - 1a ed . -
Ciudad Autónoma de Buenos Aires : Ediciones Lea, 2020.
    160 p. ; 21 x 14 cm. - (De mujeres / 2)

    ISBN 978-987-718-654-3

    1. Narrativa Inglesa. 2. Literatura Inglesa. 3. Literatura Feminista. I. Rigiroli,
Victoria, adap. II. Título.
    CDD 823

*Y allí se quedaba una, parada bajo la
enorme cúpula, como apenas un pensamiento.*

V.W.

Prólogo

Biografía

Adeline Virginia Stephen, conocida más tarde como Virginia Woolf, nació en Londres el 25 de enero de 1882. Hija de sir Leslie Stephen (novelista e historiador) y de Julia Prinsep Jackson (escritora de cuentos para niños y modelo de fotógrafos y pintores prerrafaelitas), Virginia creció en lo que hoy conocemos como una familia ensamblada (su padre y su madre tenían ya hijos e hijas de matrimonios anteriores). Además, era un hogar frecuentado por importantes personalidades de la literatura y la cultura británica de la época pues su padre y su madre se encontraban muy bien vinculados. Habituales visitantes de su hogar en

Kensington fueron Henry James, Thomas Hardy y Alfred Tennyson, y si bien la entonces joven escritora no recibió educación formal por el solo hecho de ser mujer (pues sí la recibieron sus hermanos varones, asunto que no resulta menor en el camino de su formación), el entorno estimulante y la educación en el hogar que recibió de parte de su padre y su madre y profesores particulares fueron esenciales para su posterior carrera como escritora.

En 1895, tras la inesperada muerte de su madre, Virginia transitó una profunda depresión (que sería la primera de varias). Su hermana Stella fallecería dos años después. En ese entonces, Virginia contaba con tan solo quince años de edad. En 1905, no muchos años después, perdería también a su padre y sufriría una nueva crisis, aún más profunda, por la que tuvo que internarse durante un tiempo. Si bien estos tempranos fallecimientos fueron determinantes para su situación de salud, la propia Woolf hace mención también, años más tarde, en sus ensayos autobiográficos, a los abusos sufridos por ella y su hermana Vanesa de parte de sus hermanos, George y Gerald (hermanos por parte de su madre, de un matrimonio anterior). Estos abusos se mencionan de forma apenas sugerida. Luego de la internación de Virginia, la familia vendió la casa de su infancia y compró una vivienda en el 46 de Gordon Square en Bloomsbury. Allí se mudaría con su hermana Vanessa, artista plástica que luego se casaría con el crítico Clive Belle, y sus dos hermanos. Pronto, esta nueva vivienda se convertiría en el lugar de reunión de universitarios y figuras del arte de la época y comenzaría una etapa fundamental y definitiva para la vida de la escritora.

El grupo de Bloomsbury

La nueva casa de los Stephen se convirtió muy rápidamente en lugar de reunión de compañeros de universidad del hermano mayor de Virginia. Personalidades como el economista J. M. Keynes, E. M. Forster, y figuras de la filosofía como Bertrand Russell y Ludwig Wittgenstein, influyeron, sin ninguna duda, en el pensamiento crítico de la autora. Muy rápidamente, aquel entorno motivador que había vivido la autora en casa de su padre y su madre, se replicaba aquí en esta nueva etapa de su vida. Allí conoció a Clive Bell, Saxon Sydney-Turner, Duncan Grant, Rupert Brooke y Leonard Woolf, con quien luego se casaría y tendría la relación más importante y significativa de su vida. A este grupo de artistas e intelectuales se los conoció como grupo o círculo de Bloomsbury y de él fueron parte también los escritores Gerald Brenan y Lytton Strachey y la pintora Dora Carrington. Este grupo de artistas compartía no solamente una mirada estética sobre el mundo y sobre el propio arte, sino que tenía una mirada de clase sobre los mismos, cuestionando su propia posición privilegiada como parte de clases altas y medias y, sobre todo, una mirada (que se reflejaba claramente en sus obras) profundamente crítica sobre la cerrada moral victoriana de su época.

Este aspecto resultó significativo y determinante en las obras de dichas personalidades pero también en sus vidas personales. Intentar romper con una moral tan cerrada no era solamente una posición teórica frente a la sociedad sino que fue parte de sus vidas personales en relaciones no convencionales para la época como matrimonios abiertos, múltiples relaciones sexoafectivas y vínculos de pareja entre mujeres o entre varones en simultáneo a sus matrimonios heterosexuales. Si bien la sociedad de la época cuestionaba y condenaba este tipo de modos de vida, encontraba una justificación pensándolos como excentricidades propias de artistas y, claro está, lo toleraba apenas, si esto era posible, simplemente porque eran sujetos que pertenecían a una clase privilegiada; entendían estas formas de vida como parte integral de una "bohemia", explicaciones todas que no eran más que una forma sutil de denigración, mal enmascarada tras la imputación de que "eran artistas". Pero, la mirada sobre estas prácticas llevadas a cabo por mujeres seguía siendo condenada de manera irrefutable.

En 1912 Virginia se casó con Leonard Woolf, un importante economista, con quien mantuvo un matrimonio feliz y de compañerismo. En 1917 fundaron el famoso sello editorial Hogarth Press que se encargó de publicar obras significativas (de autores como Katherine Mansfield, T. S. Elliot o Sigmund Freud) entre las que se encontraron también, claro, las obras de la propia Virginia. En algún punto, es posible pensar que la idea de "círculo" o "grupo" se produjera no solamente por una tendencia estética y crítica de su arte sino, también, por tener que encontrarse en el margen de una sociedad moralista que no hacía más que excluir cualquier modo de vida que no fuera el aceptado para la época.

Acorde a su mirada "abierta" sobre la no exclusividad sexoafectiva, en 1922 Virginia comenzó una relación con la escritora Vita Sackville West que duró buena parte de aquella década del veinte y que se desarrolló paralelamente al matrimonio de la escritora con Woolf. Para ella, la autora escribió una de sus obras más importantes, *Orlando: una biografía* (1928), dedicada en parte a la vida de Vita, su "amante" y, en paralelo a ridiculizar las características del género biográfico de la época, también a cuestionar y poner de manifiesto temas incómodos para aquellos años como la sexualidad de la mujer, la homosexualidad y, principalmente, el rol de la mujer en la sociedad y especialmente en la literatura. Las dos escritoras conservaron una profunda amistad luego de terminada la relación de "amantes".

Emulando quizá a la propia Woolf frente a esto, podemos preguntarnos tranquilamente, ¿hubiera sido diferente el resultado de sus obras o el desarrollo de su tarea creativa sin esta mirada condenatoria de la sociedad a la que pertenecían? Parte del legado de Woolf es, claro, poder realizar las mismas preguntas que ella se hizo tempranamente en el siglo veinte y que, tristemente, un siglo más tarde podemos realizar sin que nos tiemble el pulso al señalar sobre la sociedad a la que pertenecemos en la actualidad.

Aquellos años fueron para la escritora tiempos de una profunda creatividad y productividad. Su obra se desarrolló en paralelo a su figura en la sociedad artística e intelectual de la época colocándola en un lugar de preeminencia, que generaba tanta admiración como incomodidad.

Final

Su condición psicológica era, por momentos, endeble. Vivía aquejada por cuadros depresivos que la crítica y los saberes científicos posteriores pensaron como, probablemente, un trastorno bipolar, enfermedad que, en su época, no conocía nombre ni tratamiento adecuado. El contexto terminó de empujarla a una situación irrevocable: comenzó la Segunda Guerra Mundial y durante el bombardeo a Londres conocido como Blitz, su casa fue destruida. Una vez finalizado el manuscrito de su última novela y ya cansada de estos pozos anímicos que cada vez se volvían más difíciles de remontar, hasta el punto de impedirle leer y escribir, Woolf escribió una carta para su marido a modo de despedida, cargó los bolsillos de su abrigo con piedras y el 28 de marzo de 1941 se adentró en el río Ouse, donde se ahogó. Su cuerpo fue encontrado recién el 18 de abril y, luego de su cremación, su marido le dio sepultura bajo un árbol en la localidad de Rodmell, Sussex.

La obra de Virginia Woolf

Su camino como escritora profesional comenzó en 1905 en el *Times Literary Supplement*, para el que elaboró una nota periodística sobre las hermanas Brontë y Haworth. Si bien ya en su primera novela, *Fin de viaje* (1915), publicada por el sello editorial de su hermano Gerald, y en *Noche y día* (1917) se vislumbra el trabajo estético de innovación narrativa y la intromisión en su prosa de recursos más bien propios de la poesía, estilo que dotó a su obra de una singularidad notable, fue recién con *La señora Dalloway* (1925) que la crítica dedicó un espacio a la obra de la escritora. Marcas personales fueron el trabajo con el fluir de la conciencia de sus personajes y la permanente experimentación con el tiempo narrativo.

Su obra ensayística cuenta con dos obras de suma importancia, no solo para su tiempo, sino también, y especialmente, para la posteridad: *Un cuarto propio* (escrito presentado en dos conferencias, en Newnham College y el Girton College, ambas universidades femeninas de la Universidad de Cambridge, en octubre de 1928, pero publicado al año siguiente en una versión ampliada), obra a la que dedicamos la presente edición, y *Tres guineas* (1938), ambas piezas abocadas a reflexionar sobre el lugar de subalternidad de la mujer en el mundo artístico e intelectual con respecto a los espacios de privilegio, económicos y de poder, ocupados siempre por varones, que la colocan en un lugar de desigualdad y desventaja frente a los roles sociales y, muy especialmente, en la tarea creativa. El acceso a la educación formal y la independencia económica son dos de los ejes mencionados por la autora en estos ensayos.

Un cuarto propio y quinientas libras

Invitada por dos universidades de mujeres en octubre de 1928 para hablar sobre las mujeres y la ficción, Virginia Woolf preparó una verdadera clase magistral sobre desigualdad de género y de clase; un comprometido paseo turístico por la historia de la humanidad y el lugar que la Historia les ha otorgado a las mujeres en sus textos escritos, siempre por varones, vale la pena aclarar (¿todavía hace falta aclarar?), la mirada que estos varones historiadores y filósofos han transmitido en letra impresa sobre las mujeres y sus roles en la sociedad y en la construcción de esa Historia que ellos han escrito con mayúscula, con H de hombre, sin que les temblara el pulso. La autora dialoga, en su búsqueda de alguna verdad sobre el tema, con la Historia y la Literatura, recorriendo libros que va sacando sistemáticamente de la biblioteca, con la intención genuina de encontrar allí cuál pudo haber sido la razón por la que las bibliotecas no cuentan con autoras mujeres sino hasta el siglo dieciocho. En su afán por encontrar esta verdad, Virginia cuestiona a la Historia y abraza por momentos a la Literatura que sí cuenta con grandes personalidades femeninas... en personajes de ficción. ¿Era posible que la mujer ocupara espacios, ya no diremos de privilegio, pero sí de igualdad con respecto a los hombres, sólo en el terreno de la ficción? ¿Era que solamente una mujer que fuera una invención de un hombre podría ser un sujeto histórico capaz de inclinar el destino de la Historia? ¿O era que, quizá, la mujer no había tenido nunca, y le habían hecho creer y repetir, como un credo, un lugar de importancia en la sociedad y se había mantenido siempre debajo de la sombra de esa H de hombre, a la sombra de la H de Historia? Virginia desenvuelve esa tela llena de polvo, cuestiona, interroga, acusa, concede a veces, y descubre, quizá hasta con algún asombro, la verdad de esa H que en realidad nunca había sido muda. Si las mujeres no habían tenido un espacio dentro de la Historia, si las mujeres no habían tenido un lugar de igualdad, ni por asomo, en los espacios de educación formal y de formación y desarrollo artístico e intelectual, era porque siempre habían sido oprimidas por un mundo regido íntegramente por hombres.

La autora, entonces, revisa por qué, frente a las críticas de las mujeres a los hombres, ellos se fastidian tan desmedidamente. ¿Quiénes son en realidad las mujeres para los hombres? ¿Qué significan para ellos? ¿Por qué ese espacio de semiesclavitud al que las tuvieron siempre relegadas? La brillante reflexión fue la siguiente: "A lo largo de todos estos siglos, las mujeres han sido espejos dotados del mágico y delicioso poder de reflejar una silueta del hombre del doble de tamaño del natural. Sin este poder, la tierra indudablemente seguiría siendo pantano y selva. [...] No importa el uso que se les dé en las sociedades civilizadas, los espejos son imprescindibles para toda acción violenta o heroica. Por esta razón, tanto Napoleón como Mussolini insisten tan enfáticamente en la inferioridad de las mujeres, ya que si ellas no fueran inferiores, ellos dejarían de agrandarse. Así queda parcialmente explicado que con frecuencia las mujeres resulten imprescindibles para los hombres".

Frente a este descubrimiento, significativo por demás para un 1928 de entreguerras, Virginia entiende que una mujer que quisiera escribir en aquel contexto, necesitaría un espacio de intimidad e independencia económica. Cuestiona, para esto (hecho que, está visto, sólo es realizable por una mujer), su propio lugar de privilegio y se pregunta: ¿por qué yo puedo escribir libremente?, ¿por qué puedo dedicarme a la escritura? Y se responde: porque cuento con 500 libras anuales y un cuarto propio.

La comodidad que han tenido siempre los hombres de dedicarse a aquello que quisieran no era ni por asomo una posibilidad para las mujeres, condenadas a tareas de cuidado, a depender económicamente de sus maridos, a realizar sus actividades en cuartos compartidos con otros miembros de sus familias. Quinientas libras y un cuarto propio, concluye Woolf, sería una condición básica para que la mujer escritora se colocara en un lugar de igualdad con respecto a las posibilidades de los hombres escritores.

Un cuarto propio que es, en realidad, un cuarto común

El presente ensayo tiene, además del evidente valor histórico para los feminismos y la profunda vigencia en la actualidad (vigencia que, no sin cierta frustración, podemos augurar tendrá por unos cuantos años más), una característica que potencia lo dicho anteriormente: *Un cuarto propio* tiene una profunda voluntad pedagógica. Woolf va y viene por la biblioteca y de cada libro extrae una pregunta, una pregunta que no esconde, una pregunta que abre y revela, una pregunta que invita. Esto nos lleva a pensar dos cuestiones por demás interesantes y que confirman la brillantez de su autora: por un lado que su voluntad era invitar a reflexionar a esas jóvenes mujeres universitarias sobre su propia condición de género y de clase, no era una simple demostración de conocimientos y talento como tranquilamente podría haber resultado; y, por otro lado (y aquí su potencia pedagógica crece) que, por su condición de mujer (y pensemos esto de "condición de mujer" no, sorpresivamente en este caso, de manera despectiva), Virginia Woolf recurrió a la herramienta primigenia de la literatura, la única con que contaron las mujeres para transmitir saberes y conocimientos durante siglos: la oralidad. La oralidad, históricamente un espacio de resistencia que funcionó a espaldas del patriarcado letrado, fue aliada de esta mujer que, con una claridad prístina para la época, convirtió una conferencia de un par de horas en ese cuarto propio que anhelaba para el mundo de las mujeres escritoras. Si las mujeres habían sido siempre un espejo mágico que había devuelto a los hombres una imagen que los doblaba en tamaño, esa jornada en la que Woolf se sentó frente a un montón de mujeres el espejo se había dado vuelta y en su revés había mostrado una voz, una voz añejísima, que era la voz con la que históricamente las mujeres habían repetido canciones de cuna, recetas de cocina, consejos y advertencias, historias de ficción, miradas sobre el mundo, dolencias, preguntas.

Por lo tanto, el doble valor de este texto reside no solamente en voltear ese espejo y darles letras a esas voces inaudibles para los hombres y, por lo tanto, para la Historia y la sociedad letrada, sino también revelar el profundo carácter colectivo que distinguió desde siempre al género femenino. "Porque (tal como ilumina la autora en la conferencia) las obras de arte no provienen de nacimientos individuales y solitarios; son el resultado de muchos años de pensamiento común, de pensar junto a otros, porque es la experiencia colectiva la que habla a través de la voz individual". Entonces, el profundo carácter pedagógico de este texto quizá resida en que un cuarto propio sea, un siglo después, ya no un espacio de intimidad en el que la mujer se recluye a escribir. Allí donde un grupo de mujeres se reúne a hacerse preguntas sobre este mundo, allí estará la voz de Woolf, allí estará siempre nuestro cuarto propio.

Florencia Stamponi

Uno

Pero, ustedes me dirán, le hemos pedido que nos hable sobre las mujeres y la ficción, ¿qué tiene esto que ver con un cuarto propio? Intentaré explicarme. Cuando me pidieron que hablara sobre las mujeres y la novela, me senté a orillas de un río y me puse a pensar lo que esas palabras querrían decir. Probablemente se refirieran, simplemente, a unas cuantas apreciaciones sobre Fanny Burney; otras sobre Jane Austen; un tributo a las Brontë y un boceto de Haworth bajo la nieve; alguna ocurrencia, de ser posible, sobre Miss Mitford; una mención respetuosa a George Eliot; una referencia a Mrs. Gaskell y con esto habría sido suficiente. Sin embargo, tras una segunda mirada, estas palabras no parecían tan sencillas. El título las mujeres y la novela quizá significaba, y quizás este era el sentido que tenía para ustedes, las mujeres y su manera de ser; o quizá significaba las mujeres y las novelas que escriben; o probablemente las mujeres y las fantasías que se han escrito sobre ellas; o, de alguna manera, estos tres sentidos estaban inextricablemente unidos y así es como ustedes querían que yo abordara el tema. Pero cuando me dispuse a abordarlo en este último sentido, que me pareció el más interesante, rápidamente vi que presentaba un terrible inconveniente: nunca iba a poder llegar a una conclusión. Nunca iba a poder cumplir con eso que, tengo entendido, es el deber esencial de un conferenciante: otorgar, tras un discurso de una hora, una perla de pura verdad para que la guarden entre las hojas de sus cuadernos de notas y la conserven para siempre en la repisa de la chimenea. Todo lo que podía ofrecer era una opinión sobre un punto sin demasiada trascendencia: que una mujer debe tener dinero y un cuarto propio para poder escribir ficción; y esto, como ven, deja el enorme problema de la verdadera naturaleza de la mujer y la verdadera naturaleza de la novela sin resolver. He faltado a mi deber de llegar a una conclusión acerca de estas dos cuestiones; las mujeres y la novela siguen siendo, en lo que a mí respecta, problemas sin resolver. Sin embargo, para compensar un poco esta falta, voy a tratar de mostrarles cómo he llegado a esta opinión sobre el cuarto y el dinero. Voy a exponerles, tan completa y libremente como pueda, la secuencia de pensamientos que me condujeron a esta idea. Probablemente, si muestro al desnudo las ideas, los prejuicios que se esconden tras esta afirmación, puedan ver que algunos tienen una relación con las mujeres y otros con la novela. De todos modos, cuando un tema se presta mucho a controversia —cosa que sucede con todo lo relativo a los sexos— una no puede esperar decir la verdad. Sólo puede mostrar de qué manera llegó a la opinión que llegó, sea cual sea esta. Todo lo que puede hacer es ofrecer a su auditorio la oportunidad de llegar a sus propias conclusiones observando las limitaciones, los prejuicios, las idiosincrasias del conferenciante. Es probable que en este caso la ficción contenga más verdad que el hecho. Les propongo, entonces, haciendo uso de todas las libertades y licencias de una novelista, contarles la historia de los dos días que precedieron a esta conferencia; contarles cómo, abrumada por el peso del tema que colocaron sobre mis hombros, lo he estudiado y puesto a trabajar dentro y fuera de mi vida cotidiana. De más está decir que todo lo que voy a describir carece de existencia; *Oxbridge* es una invención; *Fernham* también; "yo" no es más que un término práctico que se refiere a alguien sin existencia real. Saldrán mentiras de mis labios, pero probablemente un poco de verdad haya mezclada entre ellas; les corresponde a ustedes buscar esta verdad y decidir si algún fragmento merece conservarse. Si no, tírenla entera a la papelera, naturalmente, y olvídense de todo esto.

Me encontraba yo, entonces (llámenme Mary Beton, Mary Seton, Mary Carmichael o cualquier nombre que les guste, no tiene la menor importancia), sentada a orillas de un río, hace una o dos semanas, un hermoso día de octubre, perdida en mis pensamientos. Este collar que me habían atado, las mujeres y la novela, la necesidad de llegar a una conclusión sobre una cuestión que despierta toda clase de prejuicios y pasiones, me hacía bajar la cabeza. A derecha e izquierda, unos arbustos de no sé qué, dorados y carmesíes, ardían con el color, hasta parecían despedir el calor del fuego. En la otra orilla, los sauces sollozaban en un perpetuo lamento, el cabello desparramado sobre los hombros. El río reflejaba lo que elegía del cielo y del puente y del árbol ardiente y cuando el estudiante en su bote de remos cruzó aquellos reflejos, estos volvieron a cerrarse tras él, completamente, como si nunca hubiera existido. Cualquiera podría haber permanecido allí horas y horas, perdido en sus pensamientos. El pensamiento –para darle un nombre más noble del que merecía– había hundido su caña en el río. Oscilaba, minuto tras minuto, de aquí para allá, entre los reflejos y las hierbas, subiendo y bajando con el agua, hasta –ya saben del pequeño tirón– la súbita conglomeración de una idea en la punta de la caña; y luego el prudente tirar de ella y apoyarla cuidadosamente en la hierba. Sin embargo, apoyado sobre la hierba, qué pequeño, qué insignificante parecía este pensamiento mío; la clase de pez que un buen pescador devuelve al agua para que engorde y algún día valga la pena cocinarlo y comerlo. No las molestaré ahora con este pensamiento, aunque, si observan con cuidado, quizá lo descubran por ustedes mismas entre todo lo que voy a decir.

Pero, por pequeño que fuera, tenía la misteriosa característica propia de su especie: devuelto a la mente, enseguida se volvió importante y emocionante; y al saltar y caer, y rebotar de un lado a otro, levantaba tales remolinos y tal tumulto de ideas que era imposible quedarse sentada. Así fue como me encontré moviéndome con extrema rapidez por un cuadrado de hierba. Al instante, se elevó la silueta de un hombre para interceptarme el paso. Y al principio no entendí que los gestos del objeto de aspecto curioso, vestido de chaqué y camisa de etiqueta, iban dirigidos a mí. Su cara expresaba horror e indignación. Más que la razón, fue el instinto el que acudió en mi ayuda: él era un bedel; yo era una mujer. Esto era el césped; allí estaba el sendero. Sólo los *fellows* y los *scholars*[1]

---

1 Fellow: título de ciertos miembros particularmente destacados del profesorado de un colegio universitario. Scholar: estudiante que por sus méritos ha recibido una beca especial de la universidad.

pueden pisar el césped; la grava era el lugar para mí. Estos pensamientos fueron resultado de un momento. Al volver yo al sendero, los brazos del bedel cayeron, su expresión recuperó la serenidad usual y, aunque el césped es más placentero para los pies que la grava, el daño producido no había sido mucho. El único cargo que pude levantar contra los *fellows* y los *scholars* fue que, en su afán de proteger su césped, diariamente apisonado durante trescientos años, habían asustado a mi pequeño pez.

Qué idea fue la razón de tan audaz violación de la propiedad, ahora no puedo acordarme. El espíritu de la paz descendió como una nube de los cielos, porque si el espíritu de la paz reside en alguna parte es en una hermosa mañana de octubre en los patios y céspedes de Oxbridge. Paseando tranquilamente por aquellos colegios, por delante de aquellos salones antiguos, la rudeza del presente parecía suavizarse hasta desaparecer; el cuerpo estaba dentro de un armario de cristal que no dejaba entrar ningún sonido, y la mente, liberada de todo contacto con los hechos (a menos que volviera a pisar el césped, claro), se encontraba abierta para cualquier meditación que estuviera en armonía con el momento. Por alguna razón, recordé un viejo ensayo sobre una visita a Oxbridge durante las vacaciones de verano y esto me hizo pensar en Charles Lamb (San Carlos, dijo Thackeray, poniendo una carta de Lamb sobre su frente). En efecto, de todos los muertos (les cuento mis pensamientos tal como vinieron a mí), Lamb es uno de los que me son más afines; alguien a quien me hubiera gustado decirle: "Dígame, ¿cómo escribió usted sus ensayos?". Porque sus ensayos son superiores incluso, pese a la perfección de estos, a los de Max Beerbohm, pensé, por uno de esos relampagueos de la imaginación desatada, ese estallido del genio que los marca, dejándolos defectuosos, imperfectos, pero estrellados de poesía. Lamb vino a Oxbridge hace unos cien años. Escribió, estoy segura, un ensayo —no recuerdo su nombre— sobre el manuscrito de uno de los poemas de Milton que vio aquí. Era "Lycidas", probablemente, y Lamb escribió cuánto le chocaba la idea de que una sola palabra de "Lycidas" hubiera podido ser distinta de lo que es. Imaginar a Milton cambiando palabras del poema le resultaba un sacrilegio. Esto me hizo tratar de recordar cuanto pude de "Lycidas" y me entretuve especulando sobre qué palabras habría modificado Milton y por qué. Se me ocurrió entonces que el mismísimo manuscrito que Lamb había mirado se encontraba sólo a unas yardas, por lo tanto se podían seguir los pasos de Lamb por el patio hasta la famosa biblioteca que guarda el tesoro. Además, recordé, poniendo en marcha el plan, que es también en esta famosa biblioteca donde se preserva el manuscrito del *Esmond* de Thackeray. Los críticos suelen decir que *Esmond* es la novela más perfecta de Thackeray. Pero el estilo afectado, que imita el del siglo XVIII, molesta, creo recordar; a menos que el estilo del siglo XVIII le fuera natural a Thackeray, cosa que se podría comprobar estudiando el manuscrito y viendo si las alteraciones son de estilo o de sentido. Pero entonces uno tendría que decidir qué es estilo y qué es significado, cuestión que… Pero estaba ya ante la puerta de la biblioteca misma. Sin duda la abrí, porque automáticamente surgió, como un ángel guardián, interrumpiéndome el paso con un revoloteo de ropas negras en lugar de alas blancas, un caballero disgustado, plateado, amable, que con la voz tranquila lamentó comunicarme, haciéndome señal de retroceder, que no se admite a las señoras en la biblioteca excepto que estén acompañadas de un *fellow* o provistas de una carta de presentación.

Que una famosa biblioteca haya sido maldecida por una mujer es algo que deja del todo indiferente a una famosa biblioteca. Venerable y tranquila, con todos sus tesoros contenidos a salvo en su seno, duerme afable y así dormirá, si de mí depende, para siempre. Nunca volveré a despertar estos ecos, nunca solicitaré de nuevo esta hospitalidad, me prometí mientras bajaba las escaleras llena de furia. Me quedaba una hora hasta el almuerzo. ¿Qué podía hacer? ¿Pasear por las praderas? ¿Sentarme a la vera del río? Era una mañana realmente preciosa de otoño; las hojas caían, rojas, lentas, hasta el suelo; ni una cosa ni otra hubiera sido un gran sacrificio. Pero llegó a mi oído el sonido de la música. Había algún servicio o celebración. El órgano se quejó con grandilocuencia cuando crucé la puerta de la capilla. Hasta la tristeza del cristianismo sonaba en aquel aire sereno más como el recuerdo de la tristeza que como la tristeza misma; hasta los lamentos del antiguo órgano parecían ungidos de paz. No sentía deseos de entrar, incluso suponiendo que tuviera el derecho a hacerlo, y probablemente esta vez me hubiera interceptado el pertiguero para exigirme la fe de bautismo o una carta de presentación del deán. Pero el exterior de estos imponentes edificios es con frecuencia tan hermoso como su interior. Además, ya resultaba divertido ver a los fieles reunirse, entrar y volver a salir, acomodarse en la puerta de la capilla como abejas en la boca de una colmena. Muchos llevaban birrete y toga; otros unas pieles en los hombros; algunos entraban en carros de inválido; otros, apenas mayores, parecían arrugados y aplastados de modos tan particulares como los cangrejos de mar y de río que se desplazan con dificultad por la arena de los acuarios. Me apoyé en la pared, diciéndome que la Universidad era un santuario donde se conservaban tipos extraños que no tardarían en pasar a la Historia si se les dejaba en la vereda del Strand para que lucharan por la existencia. Vinieron a mi mente historias de viejos decanos y viejos profesores, pero antes de que juntara suficiente valor para silbar —solían decir que al oír un silbido un viejo catedrático empezaba inmediatamente a galopar— la honorable asamblea se perdió dentro de la capilla. El exterior estaba intacto. Como bien saben ustedes, de noche llegan a verse, iluminados y visibles desde millas y millas de distancia por sobre los montes, sus altos domos y pináculos, siempre en movimiento y nunca llegando a puerto, como un barco en alta mar. En la antigüedad, estimo, también este patio, con sus céspedes lisos y sus robustos edificios, era, al igual que la capilla, un pantano, donde bailaba la hierba y escarbaban los cerdos. Pensé en caballos y bueyes arrastrando la piedra en carretas desde lejanos condados y luego, con profundo esfuerzo, acomodando en orden, uno encima del otro, esos bloques grises que me daban la sombra en la que me encontraba en ese momento, y luego los pintores trayendo sus vidrieras para las ventanas y los albañiles dedicándose durante siglos al tejado trabajando con masilla y cemento y palas y paletas. Cada sábado, el oro y la plata debían haber salido de un monedero de cuero y llenado sus antiguos puños, porque seguramente aquella noche no les faltaría su cerveza ni su partida de bolos. Un interminable arroyo de oro y plata, pensé, habría fluido sin descanso hasta aquel patio para que las piedras no dejaran de llegar ni los albañiles de trabajar; para alisar, zanjar, cavar, secar. Pero era la edad de la fe y el dinero fluyó liberal para dar a estas piedras cimientos profundos, y cuando las piedras se irguieron, siguió brotando el dinero de los arcones de los reyes, las reinas y los grandes nobles para que allí pudieran cantarse himnos e instruir a los *scholars*. Se cedieron tierras, se pagaron diezmos. Y cuando la edad de la fe llegó a su fin y llegó la edad de la razón, siguieron fluyendo el oro y la plata; se crearon becas, se fundaron cátedras con recursos provistos por dotaciones; sólo que el oro y la plata ya no provenían de los cofres del rey, sino de las arcas de los comerciantes y los industriales, de los bolsillos de hombres que habían hecho dinero, por ejemplo, en la industria y devolvían en sus testamentos una buena parte para financiar más cátedras, más ayudantías, más becas en la universidad donde habían aprendido su oficio. De ahí salieron las bibliotecas y los laboratorios; de ahí los observatorios; el estupendo equipo de caros y delicados instrumentos que reposan en estantes de cristal en ese lugar donde hace siglos bailaba la hierba y escarbaban los cerdos. Di la vuelta al patio y los cimientos de oro y plata me parecieron verdaderamente muy profundos y el pavimento se me antojó recostado sólidamente sobre las hierbas silvestres. Hombres llevando bandejas sobre la cabeza iban muy ocupados de una escalera a otra. Crecían flores ostentosas en las ventanas. El sonido estridente del gramófono llegaba desde habitaciones interiores. Era imposible no pensar... La reflexión, fuera cual fuere, quedó interrumpida. Sonó el reloj. Era hora de dirigirse al comedor.

Es un hecho muy curioso que los novelistas encontraron el modo de hacernos creer que los almuerzos son memorables, invariablemente, por algo muy inteligente que alguien ha dicho o algo muy sabio que se ha hecho. Raramente dedican alguna palabra a lo que se ha comido. Forma parte de la convención novelística no hablar de la sopa, el salmón ni los patos, como si la sopa, el salmón y los patos no tuvieran la menor importancia, como si nadie fumara nunca un cigarro o bebiera una copa de vino. Voy a tomarme, entonces, la libertad de desafiar esta convención y decirles que aquel día el almuerzo empezó con lenguados, servidos en fuente honda y sobre los que el cocinero del colegio había extendido una manta de blanquísima crema, pero marcada aquí y allá, como los bordes de una gama, de manchas pardas. Luego sirvieron las perdices, pero si esto las hace pensar en un par de pájaros pelados y marrones en un plato estarán muy equivocadas. Las perdices, en gran número y variedad, llegaron escoltadas por salsas y ensaladas, la picante y la dulce; sus papas, finas como monedas, pero tiernas; sus coles de Bruselas, con tantas hojas como los capullos de rosa, pero suculentas. Y en cuanto habíamos terminado con el asado y su corte, el hombre silencioso que nos atendía, probablemente el mismo bedel en una manifestación más moderada, puso delante de nosotros, decorada por una guirnalda de servilletas, una estructura que se elevaba, completamente de azúcar, de las olas. Llamarla budín y asociarla así al arroz y la tapioca sería una falta de respeto. Mientras tanto, los vasos de vino habían tomado un color amarillento, luego un rubor carmesí; habían sido vaciados; habían sido llenados. Y así, poco a poco, se encendió, en la médula que es donde se apoya el alma, no esta dura lucecita eléctrica que llamamos brillantez, que parpadea y se apaga sobre nuestros labios, sino el resplandor más profundo, sutil y subterráneo que es la rica llama amarilla de la comunión racional. No es necesario apresurarse. No es necesario brillar. No es necesario ser nadie más que uno mismo. Todos iremos al paraíso y Van Dyck está con nosotros: dicho de otro modo, qué placentera le parecía a uno la vida, qué agradables sus recompensas, qué trivial este rencor o aquella queja, qué admirable la amistad y la compañía de la gente de su propia especie mientras encendía un buen cigarrillo y se hundía en los almohadones de un sillón junto a la ventana.

Si por fortuna hubiera habido un cenicero a mano, si a falta de él uno no hubiera tenido que tirar la ceniza por la ventana, si las cosas hubieran sido apenas diferentes de lo que fueron, no hubiera visto un gato sin cola. La visión de aquel animal abrupto y mutilado cruzando suavemente el patio con su andar sereno cambió para mí, por una maniobra de la inteligencia inconsciente, la luz de mi estado de ánimo. Era como si alguien hubiera echado sobre todo aquello una sombra. Quizás el muy buen vino estaba aflojando a su presa. La verdad es que, viendo al gato detenerse en medio del césped como si también él se interrogara sobre el universo, me pareció que faltaba algo, que algo era diferente. Pero ¿qué faltaba, qué era lo diferente?, me pregunté a mí misma, escuchando la conversación. Y para responder aquella pregunta, tuve que imaginarme a mí misma fuera de aquel cuarto, de nuevo en el pasado, antes de la guerra, y colocar ante mis ojos la imagen de otro almuerzo celebrado en habitaciones no muy distantes de estas, pero diferentes. Todo era diferente. Mientras tanto, iban charlando los huéspedes, que eran muchos y jóvenes, unos de un sexo, otros del otro; la charla fluía como el agua, agradable, libre, divertida. Y detrás de esta charla coloqué entonces la otra, como un telón de fondo, y, comparando las dos, no tuve duda de que una era la descendiente, la legítima heredera de la otra. Nada había cambiado; nada era diferente, excepto... Entonces escuché con mucha atención, no exactamente lo que se estaba diciendo, sino el murmullo que fluía detrás de las palabras. Sí, era eso, lo que había cambiado estaba allí. Antes de la guerra, en un almuerzo igual a este, la gente hubiera dicho exactamente las mismas cosas, pero hubieran sonado diferentes, porque en aquellos días estaban acompañadas de una especie de canto, no articulado pero sí musical, emocionante, que alteraba el valor mismo de las palabras. ¿Hubiera podido ponerle palabras a aquel cantar? Probablemente con ayuda de los poetas. Había un libro a mi lado y al abrirlo me encontré con que, por casualidad, era de Tennyson. Y he aquí lo que Tennyson cantaba:

There has fallen a splendid tear
From the passion—flower at the gate.

She is coming, my dove, my dear;
She is coming, my life, my fate;
The red rose cries, "She is near, she is near";
And the white rose weeps, "She is late";
The larkspur listens, "I hear, I hear";

And the lily whispers, "I wait".[2]

¿Era esto lo que los hombres cantaban en los almuerzos antes de la guerra? ¿Y las mujeres?

My heart is like a singing bird
Whose nest is in a water'd shoot;
My heart is like an apple tree
Whose boughs are bent with thick—set fruit;
My heart is like a rainbow shell
That paddles in a halcyon sea;
My heart is gladder than all these
Because my love is come to me.[3]

---

2   Ha caído una espléndida lágrima de la pasionaria que crece junto a la verja. Está en camino, mi paloma, mi amor; está en camino, mi vida, mi destino. La rosa roja llora: «Cerca está, cerca está»; y la rosa blanca solloza: «Llega tarde»; la espuela de caballero escucha: «Oigo, oigo»; y la azucena murmura: «Espero.»

3   Mi corazón es como un pájaro que canta, cuyo nido se halla sobre un brote rociado; mi corazón es como un manzano cuyos brazos están cargados de frutos apiñados; mi corazón es como una cáscara de arco iris que chapotea en una mar serena; mi corazón es más feliz que todos ellos porque mi amor ha venido a mí.

¿Era esto lo que las mujeres canturreaban en los almuerzos antes de la guerra? Parecía tan absurdo imaginar a alguien cantando estas cosas, incluso en voz baja, en los almuerzos de antes de la guerra que me empecé a reír y tuve que excusar mi carcajada señalando al gato, que ciertamente tenía un aire un poco absurdo, pobre animal, sin cola, en medio del césped. ¿Había nacido así o habría perdido su cola en un accidente? El gato sin cola, aunque dicen que hay algunos en la isla de Man, es un animal más infrecuente de lo que se piensa. Es un animal extraño, más pintoresco que bello. Es curioso lo que puede cambiar una cola. Ya saben el tipo de cosas que se dicen al final de un almuerzo, cuando la gente busca sus abrigos y sombreros.

Este en particular, gracias a la hospitalidad del anfitrión, había durado hasta avanzada la tarde. El bello día de octubre se iba desvaneciendo y las hojas caían de los árboles cubriendo la avenida a medida que yo avanzaba. Una tras otra, las puertas se cerraban detrás de mí con suavidad. Innumerables bedeles iban colocando innumerables llaves en cerraduras bien engrasadas; se estaba poniendo a resguardo la casa del tesoro para una noche más. Al final de la avenida se llega a una calle —no recuerdo su nombre— que conduce, si se dobla donde se debe, hasta Fernham. Pero me sobraba tiempo. La cena no era hasta las siete y media. Habría podido no cenar después de aquel almuerzo. Es notable cómo una pizca de poesía obra en la mente y hace mover las piernas a su ritmo por la calle. Estas palabras

There has fallen a splendid tear

From the passion—tree at the gate.
She is coming, my dove, my dear

cantaban en mi sangre mientras andaba a paso rápido hacia Headingley. Y luego, cambiando de compás, canté, en ese lugar donde las aguas espumean al pie de la presa:

My heart is like a singing bird
Whose nest is in a water'd shoot;
My heart is like an apple tree...

¡Qué poetas!, grité en voz alta, como se estila en el atardecer. ¡Qué poetas eran!

En un arrebato de celos por nuestro propio tiempo, supongo, por tontas y absurdas que sean estas comparaciones, me puse a pensar honestamente si se podía nombrar a dos poetas vivientes tan grandes como Tennyson y Christina Rossetti habían sido en su tiempo. Obviamente, era imposible compararlos, pensé mirando aquellas aguas espumosas. Si esta poesía incita a tal abandono, si provoca en una tal transporte, es sólo porque celebra un sentimiento que solía experimentar (en los almuerzos de antes de la guerra, quizá), de modo que se reacciona fácilmente, familiarmente, sin preocuparse por analizar el sentimiento o compararlo con alguno de los actuales. Pero los poetas vivos expresan un sentimiento en formación, que está siendo extraído de nosotros en ese preciso momento. Al principio uno no lo reconoce; en general, por algún motivo, siente temor; lo observa con atención y lo compara celosamente, con desconfianza, con aquel viejo sentimiento que le resultaba familiar. He ahí el problema de la poesía moderna; y es este problema lo que nos impide recordar más de dos versos seguidos de cualquier buen poeta moderno. Por esta razón –que me fallara la memoria– la argumentación quedó colgando por falta de material. Pero, ¿por qué hemos dejado de susurrar por lo bajo en los almuerzos?, proseguí, caminando hacia Headingley. ¿Por qué ha cesado Alfred de cantar

She is coming, my dove, my dear?

¿Por qué ha cesado Christina de responder

My heart is gladder than all these
Because my love is come to me?

¿Vamos a echarle la culpa a la guerra? Cuando las armas se dispararon en agosto de 1914, ¿los hombres y las mujeres se vieron con tanta claridad los unos a los otros que murió la fantasía? No quedan dudas de que el golpe fue duro (sobre todo para las mujeres, con su ilusión puesta en la educación), ver los rostros de nuestros gobernantes a la luz de los bombardeos. Parecían tan feos –alemanes, ingleses, franceses–, tan estúpidos. Sin embargo, fuese de quien fuese la culpa, se le eche a quien sea, la ilusión que inspiró a Tennyson y Christina Rossetti y les hizo cantar con tanta pasión la llegada de su amor es menos habitual ahora que entonces. Alcanza con leer, mirar, escuchar, recordar. Pero, ¿por qué hablar de "culpa"? Si había sido una ilusión, ¿por qué no celebrar la catástrofe, fuese cual fuese, que demolió la ilusión y puso la verdad en su lugar? Porque, la verdad… Estos puntos suspensivos indican el momento en que, en busca de la verdad, olvidé girar hacia Fernham. Sí, el problema era este: ¿qué era la verdad y qué era la ilusión?, me pregunté. Por ejemplo, ¿cuál era la verdad sobre aquellas casas, oscuras y festivas ahora con sus ventanas enrojecidas al atardecer, pero crudas y rojas y escuálidas, con sus dulces y sus cordones de bota, a las nueve de la mañana? Y los sauces y el río y los jardines que descendían en pendiente hasta el río, leves ahora, con la neblina deslizándose sobre ellos, pero dorados y rojos a plena luz del sol, ¿cuál era la verdad sobre ellos?, ¿cuál era la ilusión? Voy a ahorrarles las vueltas y revueltas de mis razonamientos, porque no llegué a ninguna conclusión yendo hacia Headingley, y les pido que supongan que pronto me di cuenta de mi error de dirección y corregí mi dirección hacia Fernham.

Dado que he dicho ya que era un día de octubre, no me atrevo a arriesgar el respeto de ustedes y poner en peligro la fama prístina de la novela cambiando de estación y realizando descripciones de lilas colgando por encima de las paredes de los jardines, azafranes, tulipanes y otras flores de primavera. La ficción debe atenerse a los hechos y cuanto más verdaderos los hechos, mejor la ficción. Al menos, eso es lo que nos han dicho. Seguía siendo otoño, entonces, y las hojas seguían siendo amarillas y cayendo, probablemente más rápidamente que antes, porque atardecía (eran las siete y veintitrés, para ser exactos) y se había levantado una brisa (del Sudoeste, para ser exactos). A pesar de todo, algo extraño ocurría.

My heart is like a singing bird
Whose nest is in a water'd shoot;
My heart is like an apple tree
Whose boughs are bent with thick—set fruit.

Quizá, las palabras de Christina Rossetti fueran en parte responsables de aquella caprichosa ilusión —no era más que una ilusión, eso está claro— que las lilas agitaban sus flores sobre las paredes de los jardines y las mariposas de azufre iban de aquí para allá y había polen en el aire. Un viento soplaba, no sé de dónde venía, pero movía las hojas medio crecidas y había en el aire un gris plata que relucía. Era esa hora entre dos luces en que los colores son más intensos y los violetas y dorados arden en los vidrios de las ventanas como el latido de un corazón apasionado; era la hora en que, por alguna razón, la belleza del mundo, revelada y, sin embargo, a punto de perecer (en este momento entré en el jardín, pues una mano imprudente había dejado abierta la puerta y no había ningún bedel cerca), la belleza del mundo que tan pronto perecerá tiene dos bordes, uno de risa, otro de angustia, que parten en pedazos el corazón. Los jardines de Fernham se extendían ante mí en el crepúsculo de primavera, silvestres y abiertos, y en el extenso césped, narcisos y las campanillas cuidadosamente desparramados, no muy ordenados como en sus mejores tiempos, eran sacudidos por el viento que tironeaba de sus raíces. Las ventanas del edificio se encorvaban como las de un barco entre enormes olas de ladrillo rojo, virando del limón al plateado al paso de las rápidas nubes de primavera. Había alguien en una hamaca, alguien, pero bajo aquella luz solo había fantasmas, mitad adivinados, mitad vistos, que se escapaban por el césped —¿no iba alguien a detenerla?— y después apareció en la terraza, probablemente para respirar el aire, para dar una mirada al jardín, una silueta encorvada, impresionante y, sin embargo, humilde, con una frente ancha y un vestido gastado. ¿Sería la famosa erudita J… H… en persona? Todo era sombrío y, sin embargo, intenso, como si al pañuelo que el atardecer había puesto sobre el jardín lo hubiera rasgado en dos una estrella o una espada —el relámpago de una realidad terrible que estalla, como ocurre siempre, en el corazón de la primavera. Porque la juventud…

Aquí estaba mi sopa. Servían la cena en el gran comedor. Lejos de ser primavera, era en realidad una noche de octubre. Todos estaban reunidos en el gran comedor. La cena estaba lista. Aquí estaba mi sopa. Era un simple caldo de carne. En ella nada inspiraba la fantasía. A través del líquido transparente hubiera podido verse cualquier dibujo que hubiera tenido la vajilla. Pero la vajilla no tenía dibujo. El plato era liso. Después trajeron carne de vaca acompañada de verdura y papas, trinidad casera que evocaba piernas de ganado en un mercado fangoso y pequeñas coles rizadas de bordes amarillos, y regateos y rebajas, y mujeres con bolsas de red comprando un lunes a la mañana. No había razón para quejarse de la comida diaria del género humano, dado que la cantidad era suficiente y sin dudas los mineros tenían que conformarse con menos. Siguieron ciruelas pasas en almíbar con crema. Y si alguien objeta que las ciruelas pasas, incluso suavizadas por la crema, son una legumbre ingrata (fruta no son), llenas de hilos como el corazón de los miserables, y que largan un líquido como el que seguramente corre por las venas de los miserables que durante ochenta años se han privado de vino y calor y, sin embargo, no han dado nada a los pobres, debe pensar que hay gente cuya caridad alcanza hasta la ciruela.

Después sirvieron galletas y queso y circuló libremente el jarro del agua, porque las galletas son secas por naturaleza y estas eran galletas hasta lo más profundo de su ser.

Y eso fue todo. La cena había terminado. Todos se levantaron arrastrando su silla; la puerta osciló violentamente hacia adelante y hacia atrás; y pronto desapareció del comedor todo rastro de comida y, por supuesto, todo quedó preparado para el desayuno de la mañana siguiente. Por los pasillos y las escaleras se fue la juventud inglesa, dando portazos y cantando. ¿Correspondía a una visita, a una extraña (pues no tenía más derecho de estar allí en Fernham que en Trinity, Somerville, Girton, Newham o Christchurch) decir: "La cena no era buena" o decir (estábamos ahora, Mary Seton y yo, en su sala de estar): "¿No hubiéramos podido cenar aquí a solas?"? Decir algo así hubiera sido entrometernos en las economías secretas de aquella casa, que ante un extraño se presenta tan agradable, de buen humor y con tanto coraje. No, nadie podía decir nada por el estilo. De hecho, la conversación, por un momento, decayó. La constitución humana siendo lo que es, mezclados corazón, cuerpo y cerebro, y no contenidos en espacios separados como será sin dudas dentro de otro millón de años; una buena cena es fundamental para una buena charla. No se puede pensar bien, amar bien, dormir bien, si no se ha cenado bien. La luz de la espina dorsal no se enciende con carne de vaca y ciruelas pasas. Todos iremos *probablemente* al Cielo, y Van Dyck se encuentra esperándonos a la vuelta de la esquina, *anhelamos* —este es un claro ejemplo del dudoso y crítico estado de ánimo que la carne de vaca y las ciruelas pasas engendran juntas tras un día de trabajo. Felizmente, mi amiga, que era profesora de ciencias, guardaba en un armario una botella petisa y unos vasitos —(pero tendríamos que haber empezado con lenguado y perdices)— así que pudimos sentarnos junto al fuego y reparar algunos de los daños del día. Después de un minuto, más o menos, nos metíamos con facilidad entre todos estos objetos de curiosidad e interés que se forman en la mente cuando una persona determinada está ausente y que, naturalmente, vuelven a discutirse al volverla a ver: que si tal persona se ha casado, y aquella otra no; alguien piensa esto, alguien lo otro; tal ha mejorado increíblemente, el otro, por más raro que parezca, se ha arruinado. Y pasamos luego a especulaciones sobre la naturaleza humana y el carácter del sorprendente mundo en que vivimos, que son la natural consecuencia de estos inicios. Mientras decíamos estas cosas, sin embargo, fui tímidamente dándome cuenta de que una corriente surgida por su propia voluntad llevaba la conversación hacia un objetivo determinado. Por más que habláramos de España o Portugal, de un libro o una carrera de caballos, el verdadero interés de la conversación no era ninguno de estos temas, sino una escena de albañiles que sucedía en un tejado alto cinco siglos atrás. Reyes y nobles traían enormes bolsas llenas de tesoros y las vaciaban en la tierra. Esta escena cobraba vida en mi mente y se acomodaba junto a otra en la que había unas vacas flacas y un fangoso mercado, y verduras pasadas, y corazones fibrosos de hombres viejos. Estas dos imágenes, aunque descoyuntadas, absurdas y sin conexión, no cesaban de encontrarse y combatir entre sí y me tenían por completo a su merced. Lo mejor, para que no se desvirtuara enteramente la conversación, era sacar al aire lo que tenía en la mente y con un poco de suerte se marchitaría y se convertiría en polvo como la cabeza del difunto rey cuando abrieron su féretro en Windsor. Brevemente, entonces, le conté a Miss Seton sobre los albañiles que habían estado trabajando todos aquellos años en el tejado de la capilla y de los reyes, reinas y nobles cargados de oro y plata que tiraban a paladas en la tierra; y le conté que más tarde habían venido los grandes magnates de nuestro tiempo y habían enterrado cheques y obligaciones donde los otros habían enterrado lingotes y pedazos de oro. Todo esto está enterrado bajo los colegios de la otra parte de la ciudad, dije, pero debajo de este colegio en el que nos encontramos ahora, ¿qué hay debajo de sus valientes ladrillos rojos y del césped descuidado de sus jardines? ¿Qué fuerza se esconde tras la simple vajilla en la que hemos cenado y (esto se me escapó sin que pudiera detenerlo) detrás de la carne de vaca, el flan y las ciruelas pasas? Hacia el año 1860, dijo Mary Seton... Oh, pero ya sabes la historia, dijo, aburrida, supongo, de la cantinela. Y me contó que habían alquilado cuartos. Habían formado comités. Habían escrito sobres. Habían redactado circulares. Habían celebrado reuniones; habían leído cartas; tal prometía tanto; en cambio el señor tanto no quería dar ni un penique. La *Saturday Review* había sido muy descortés. ¿Cómo recaudar fondos para unas oficinas? ¿Organizaríamos un sorteo? ¿Podríamos encontrar a una chica linda que se sentara en la primera fila? Miremos qué dice John Stuart Mill del asunto. ¿Podría alguien convencer al director de... de que publique una carta? ¿Quizá Lady... la firmaría? Lady... está fuera de la ciudad. Así es como las cosas se hacían hace sesenta años; era un esfuerzo enorme que costaba horas y horas. Y fue tras una prolongada lucha y las peores dificultades que llegaron a reunir treinta mil libras.[4] Es evidente, dijo Mary, que no tenemos para vino ni perdices, ni criados que lleven las bandejas sobre la cabeza. No podemos tener sillones ni habitaciones individuales. "Las comodidades –dijo citando un fragmento de algún libro– tendrán que esperar".[5]

Pensando en todas estas mujeres que habían trabajado año tras año y encontrado difícil reunir dos mil libras y no habían logrado recaudar, como gran máximo, más que treinta mil, nos embarcamos en ironías sobre la reprobable pobreza de nuestro sexo. ¿Qué habían estado haciendo nuestras madres para no tener bienes que dejarnos? ¿Empolvarse la nariz? ¿Mirar las vidrieras? ¿Mostrarse al sol en Montecarlo? Había

---

4   «Nos dicen que deberíamos pedir cuando menos treinta mil libras... No es una gran suma, teniendo en cuenta que no va a haber más que un colegio de este tipo para toda la Gran Bretaña, Irlanda y las Colonias y lo fácil que resulta recaudar inmensas sumas para escuelas de varones. Pero si se considera que son poquísimos quienes desean que se instruya a las mujeres, es una buena cantidad» Lady Stephen, Emily Davies and Girton College.

5   Cada penique que logró ahorrarse se guardó para las obras de construcción y tuvieron que dejarse para más tarde las comodidades. R. Strachey, The Cause.

unas fotos en el estante de la chimenea. La madre de Mary —si es que la de la foto era ella— quizás había sido una libertina en sus horas libres (su marido, que era ministro de la Iglesia, le había dado trece hijos), pero en tal caso su alegre y desperdiciada vida casi no había dejado huellas de placer en su rostro. Era una persona común: una vieja señora con un chal a cuadros prendido con un gran camafeo; sentada en una silla de paja, invitaba a un perro a mirar hacia la máquina, con la mirada divertida y, sin embargo, cansada como alguien que sabe que el sabueso se moverá en cuanto se haya disparado la bombilla. Entonces, si hubiera puesto un negocio, si se hubiera convertido en fabricante de seda o magnate de la Bolsa, si hubiera dejado dos o trescientas mil libras a Fernham, aquella noche hubiéramos podido estar sentadas confortablemente y el tema de nuestra charla quizás hubiera sido arqueología, botánica, antropología, física, la naturaleza del átomo, matemáticas, astronomía, relatividad o geografía. Si por fortuna Mrs. Seton y su madre y la madre de esta hubieran aprendido el gran arte de hacer dinero y hubieran dejado su dinero, como sus padres y sus abuelos antes que estos, para fundar cátedras y auxiliarías, y premios, y becas adecuadas para el uso de su propio sexo, probablemente hubiéramos cenado muy aceptablemente allí arriba un ave y una botellita de vino; probablemente hubiéramos esperado, sin una fe exagerada, disfrutar una vida agradable y honorable transcurrida al amparo de una de las profesiones generosamente subvencionadas. Probablemente, en aquel momento hubiéramos estado investigando o escribiendo, vagando por los lugares honorables de la tierra, contemplando sentadas en los peldaños del Partenón o yendo a una oficina a las diez y volviendo cómodamente a las cuatro y media para escribir un poco de poesía. Entonces, si Mrs. Seton y las mujeres como ella se hubieran dedicado a los negocios cuando tenían quince años, Mary —este era el punto flojo del argumento— no hubiera existido. ¿Qué pensaba Mary de esto?, pregunté. Allí, entre las cortinas, estaba la noche de octubre, con una estrella o dos colgada en los árboles amarillentos. ¿Estaba Mary dispuesta a renunciar al fragmento que de esa noche le correspondía y a los recuerdos (porque habían sido una familia feliz, aunque numerosa) de los juegos y las peleas allá en Escocia, lugar que nunca dejaba de adorar por lo agradable de su aire y la calidad de sus pasteles, para que de golpe le hubieran llovido a Fernham cincuenta mil libras? Porque financiar un colegio necesitaría extirpar completamente a las familias. Construir una fortuna y tener trece hijos, ningún ser humano hubiera podido aguantarlo. Revisemos los hechos, dijimos: primero hay nueve meses antes del nacimiento del niño. Luego el niño nace. Luego pasan tres o cuatro meses de amamantar al niño. Una vez que el niño fue amamantado, transcurren unos cinco años, al menos, jugando con él. No está permitido, parece, dejar correr a los niños por las calles. La gente que los ha visto vagar en Rusia como pequeños salvajes opina que es un espectáculo poco agradable. La gente también dice que la naturaleza humana adopta su forma entre el año y los cinco años. Si Mrs. Seton hubiera estado atareada haciendo dinero, dije, ¿dónde estarían tus recuerdos de los juegos y las peleas? ¿Qué sabrías de Escocia, y de su aire agradable, y de sus pasteles, y de todo lo demás? Pero es inútil hacerte estas preguntas, porque nunca hubieras existido. Y también es inútil preguntar qué hubiese sucedido si Mrs. Seton y su madre y la madre de esta hubieran amasado grandes fortunas y las hubieran enterrado debajo de los cimientos del colegio y de su biblioteca, porque, en primer lugar, no podían ganar dinero y, en segundo lugar, de haber podido, la ley les negaba el derecho de poseer el dinero que ganaran. Hace sólo cuarenta y ocho años que Mrs. Seton tiene como propio un penique. Porque en los siglos anteriores su dinero hubiera sido propiedad de su marido, consideración que quizás había colaborado para mantener a Mrs. Seton y a sus madres alejadas de la Bolsa. Cada penique que gane, se dijeron, me será quitado y utilizado según las decisiones sabias de mi marido, quizá para fundar una beca o financiar una auxiliaría en Balliol o Kings,[6] por lo tanto, no estoy demasiado interesada en ganar dinero. Que mi marido se encargue de eso, mejor.

Igualmente, fuera o no responsabilidad de la vieja señora del sabueso, no teníamos dudas de que, por alguna razón, nuestras madres habían administrado muy mal sus asuntos. Ni un penique para dedicar a "comodidades": a perdices y vino, bedeles y céspedes, libros y cigarros puros, bibliotecas y pasatiempos. Levantar paredes desnudas de la desnuda tierra es todo lo que habían sabido hacer.

Así conversábamos, paradas junto a la ventana, mirando, como tantos otros miran cada noche, los domos y las torres de la gran ciudad extendida a nuestros pies. Se la veía muy hermosa, muy misteriosa bajo el claro de luna otoñal. Esas viejas

---

6 Colegios universitarios de varones.

piedras parecían tan blancas y venerables. Podíamos pensar en todos los libros reunidos allá abajo, en los viejos cuadros de viejos prelados y famosos hombres que colgaban en las habitaciones artesonadas, en las ventanas pintadas que seguramente proyectaban extraños globos y medias lunas en las veredas; en las fuentes y el césped; y en las habitaciones tranquilas que daban a los tranquilos patios. Y (que se me disculpe por el pensamiento) pensé también en fumar y en la bebida, y en los hondos sillones, y las agradables alfombras; en la urbanidad, la genialidad, la dignidad, que son hijas del lujo, la meditación y el espacio. Por supuesto que nuestras madres no nos habían dado nada por el estilo, nuestras madres que se habían visto en problemas para reunir treinta mil libras, nuestras madres que habían dado trece hijos a ministros de la Iglesia de St. Andrews.

Así volví a mi posada y, caminando por las oscuras calles, medité sobre estas cosas como suele hacerse después de un día de trabajo. Medité sobre por qué razón Mrs. Seton no había tenido dinero para dejarnos; y sobre el efecto que ejerce la pobreza en la mente; y pensé en los extraños ancianos que había visto esa mañana con pedazos de pieles sobre los hombros; y me acordé de que, si alguien silbaba, uno de ellos echaba a correr; y pensé en el órgano que bramaba en la capilla y en la biblioteca y sus puertas cerradas; y pensé en lo desagradable que es que te dejen afuera; y pensé que, probablemente, era peor que te dejaran encerrada adentro; y después de pensar en la seguridad y la prosperidad de que disfrutaba un sexo y la pobreza y la inseguridad que le otorgaban al otro y en el efecto en la mente del escritor de la tradición y la falta de tradición, pensé, finalmente, que iba siendo hora de enrollar la piel arrugada del día, con sus razonamientos y sus impresiones, su enojo y su risa, y de echarla en el cerco. Millones de estrellas relampagueaban por los desiertos azules del cielo. Se sentía una sola en medio de una sociedad inescrutable. Todos los humanos yacían dormidos: acostados, horizontales, mudos. En las calles de Oxbridge nadie parecía moverse. Hasta la puerta del hotel se abrió por obra de una mano invisible; ni un alma sentada allí esperando para encenderme las luces. Así de tarde era.

Dos

El escenario, si tienen la amabilidad de seguirme, ahora había cambiado. Seguían cayendo las hojas, pero ahora en Londres, no en Oxbridge; y voy a pedirles que imaginen una habitación como cualquier otra, con una ventana que daba, por encima de los sombreros de la gente, los camiones y los autos, a otras ventanas, y sobre la mesa de la habitación una hoja de papel en blanco, que llevaba, escrito en letras grandes, el título "Las mujeres y la novela", pero eso era todo. Lo que, inevitablemente, siguió a aquel almuerzo y aquella cena en Oxbridge parecía ser, desafortunadamente, un paseo por el British Museum. Debía filtrar todo lo personal y accidental que hubiera en aquellas impresiones y llegar al líquido puro, al óleo esencial de la verdad. Porque aquella visita a Oxbridge, y el almuerzo, y la cena, habían convulsionado un torbellino de preguntas. ¿Por qué los hombres bebían vino y las mujeres agua? ¿Por qué un sexo era tan próspero y el otro tan pobre? ¿Qué influencia tiene la pobreza sobre la ficción? ¿Qué condiciones son necesarias para la creación de obras de arte? Un millón de preguntas nacía al mismo tiempo. Pero necesitaba respuestas, no preguntas; y las respuestas sólo podían encontrarse consultando a quienes saben y no tienen prejuicios, a quienes se han puesto por sobre las peleas verbales y la confusión del cuerpo y han publicado los resultados de sus investigaciones y razonamientos en libros que ahora se encuentran en el British Museum. Si la verdad no puede encontrarse en los estantes del British Museum, me pregunté, tomando un cuaderno de apuntes y un lápiz, ¿dónde está la verdad?

Así, munida de esta confianza y esta ansia de saber, fui a buscar la verdad. El día, aunque no llovía, era sombrío y en las calles de las cercanías del British Museum por las bocas de las carboneras iba cayendo una lluvia de sacos; coches de cuatro ruedas se arrimaban a la vereda trayendo con cajas atadas con cordeles que contenían, supongo, la ropa de alguna familia suiza o italiana que buscaba fortuna o refugio, o algún otro provecho que puede encontrarse en invierno en las casas de huéspedes de Bloomsbury. Como siempre, hombres de voz ronca recorrían las calles empujando carros de plantas. Gritaban algunos, otros cantaban. Londres como un gran taller. Londres como una máquina. A todos nos arrastraban hacia adelante y hacia atrás sobre esta plataforma lisa para formar un dibujo. El British Museum era un sector más de esa fábrica. Las puertas se abrían de golpe y volvían a cerrarse y allí se quedaba una, parada bajo la enorme cúpula, como apenas un pensamiento en aquella enorme frente calva que tan magníficamente ciñe una guirnalda de nombres famosos. Se dirigía una al mostrador, tomaba una hoja de papel, abría un volumen del catálogo y...

Los puntos suspensivos indican cinco minutos separados de estupefacción, sorpresa y asombro. ¿Tienen idea de cuántos libros se escriben al año sobre las mujeres? ¿Tienen idea de cuántos están escritos por hombres? ¿Se dan cuenta de que quizá seamos el animal más discutido del universo? Yo había venido con cuaderno y lápiz para pasar una mañana leyendo, pensando que, al finalizarla, habría transferido a mi cuaderno toda la verdad. Pero tendría que haber sido una manada de elefantes y una selva llena de arañas, pensé recurriendo desesperadamente a los animales que tienen fama de vivir más años y tener más ojos, para llegar a leer todo esto. Hubiera necesitado garras de acero y pico de bronce para penetrar aquella cáscara. ¿Cómo podré llegar alguna vez hasta los granos de verdad enterrados en esta masa de papel?, me pregunté, y me puse a recorrer desesperadamente la larga lista de títulos. Hasta los títulos de los libros me ponían a pensar. Era lógico que la sexualidad y su naturaleza atrajera a médicos y biólogos; pero lo sorprendente y difícil de explicar es que la sexualidad —es decir, las mujeres— también atrae a amables ensayistas, novelistas de pluma liviana, muchachos licenciados, hombres no licenciados, hombres sin más título aparente que el de no ser mujeres. Algunos de estos libros eran, superficialmente, frívolos y simpáticos; pero, muchos, en cambio, eran serios y comprometidos, incitadores y morales. Alcanzaba con leer los títulos para imaginar a tantos maestros de escuela, tantos clérigos subidos a sus tarimas y púlpitos y hablando con un convencimiento que superaba en mucho la hora habitualmente otorgada a discursos sobre este tema. Era un fenómeno muy extraño y, en apariencia –llegada a este punto consulté la letra H–, limitado al sexo masculino. Las mujeres no escriben libros sobre los hombres, hecho que, con alivio, no pude evitar comprobar; porque si hubiera tenido que leer primero todo lo que los hombres han escrito sobre las mujeres, luego todo lo que las mujeres hubieran escrito sobre los hombres, el áloe que florece una vez cada cien años hubiera florecido dos veces antes de que yo pudiera arrancar a escribir. Entonces, haciendo una selección absolutamente arbitraria de unos doce libros, tiré mis hojitas de papel en el cesto de alambre y esperé en mi asiento, entre los demás buscadores del óleo esencial de la verdad. ¿Cuál podía ser el motivo de tan significativa disparidad?, me pregunté, dibujando ruedas de auto en los papelitos provistos por el pagador de impuestos inglés para otros fines. ¿Por qué las mujeres atraen el interés de los hombres mucho más que los hombres el de las mujeres? Era algo muy curioso y mi mente se entretuvo intentando imaginar la vida de los hombres que pasaban su tiempo escribiendo libros sobre las mujeres; ¿eran viejos o jóvenes?, ¿casados o solteros?, ¿tenían la nariz roja o una joroba en la espalda? Igualmente, generaba un vago deleite saberse el objeto de tal atención, siempre y cuando no estuviera llevada a cabo enteramente por cojos e inválidos. Fui reflexionando así hasta que todos estos frívolos pensamientos se vieron interrumpidos por una catarata de libros que cayó encima del mostrador enfrente de mí. Ahí empezaron mis problemas. El estudiante que ha aprendido a investigar en Oxbridge sabe, sin dudas, cómo llevar su pregunta como buen pastor, evitando todas las distracciones, hasta meterse en su respuesta como un cordero en su corral. El estudiante que tenía a mi lado, por ejemplo, que copiaba incesantemente fragmentos de un manual científico, extraía, estaba segura, pepitas de mineral puro cada diez minutos más o menos. Así lo manifestaban sus pequeños gruñidos de satisfacción. Pero si, desgraciadamente, no se tiene una formación universitaria, la pregunta, lejos de ser conducida a su corral, salta de un lado a otro, desordenadamente, como un aterrorizado rebaño perseguido por toda una jauría.

Académicos, maestros de escuela, sociólogos, sacerdotes, novelistas, ensayistas, periodistas, hombres sin más título que el de no ser mujeres persiguieron mi simple y única pregunta —¿por qué son pobres las mujeres?— hasta transformarla en cincuenta preguntas; hasta que las cincuenta preguntas se precipitaron enloquecidas y fueron arrastradas por la corriente. Había garabateado notas en las hojas de mi cuaderno. Para mostrarles mi estado mental, voy a leer algunas; a cada página la encabezaba el título LAS MUJERES Y LA POBREZA escrito en mayúsculas, pero lo que seguía era algo así:

Situación en la Edad Media de,
Costumbres de...........de las Islas Fidji,
Adoradas como diosas por,
Sentido moral más débil de,
Idealismo de,

Mayor integridad de,

Habitantes de las islas del Sur, edad de la pubertad entre,

Atractivo de,

Ofrecidas en sacrificio a,

Tamaño pequeño del cerebro de,

Inconsciente más profundo de,

Menos pelo en el cuerpo de,

Inferioridad mental, moral y física de,

Amor a los niños de,

Vida más larga de,

Debilidad muscular de,

Fuerza afectiva de,

Vanidad de,

Formación superior de,

Opinión de Shakespeare sobre,

Opinión de Lord Birkenhead sobre,

Opinión del Deán Inge sobre,

Opinión de La Bruyère sobre,

Opinión del Dr. Johnson sobre,

Opinión de Mr. Oscar Browning sobre,

En este momento respiré hondo y escribí en el margen: ¿Por qué dice Samuel Butler: "Los hombres sensatos nunca dicen lo que piensan de las mujeres"? Por lo visto, los hombres sensatos, no hablan de otra cosa. Sin embargo, continué, reclinándome en mi asiento y mirando la vasta cúpula donde yo era un único pensamiento, pero ahora acosado por todos lados: lo triste es que todos los hombres sensatos no opinan lo mismo de las mujeres. Dice Pope:

"La mayoría de las mujeres carecen de carácter".

Y dice La Bruyère:

"Les femmes sont extrêmes; elles sont meilleures ou pires que les hommes".[7]

Una contradicción entre dos atentos observadores contemporáneos entre sí. ¿Se las puede educar o no? Napoleón pensaba que no. El doctor Johnson pensaba lo opuesto.[8] ¿Tienen alma o no la tienen? Algunos salvajes dicen que no tienen ninguna. Otros, por el contrario, aseguran que las mujeres deben ser adoradas porque son medio divinas.[9] Algunos sabios aseguran que su inteligencia es más superficial; otros, que su conciencia es más profunda. Goethe las honró; Mussolini las desprecia. Mirara donde mirara, los hombres emitían ideas sobre las mujeres y sus ideas diferían. No era posible sacar algo en claro de todo aquello, entonces decidí, mirando con envidia al lector vecino, que hacía limpios resúmenes, algunos encabezados por una A, una B o una C, mientras que en mi cuaderno se amotinaban locos garabateos de observaciones contradictorias. Era triste, era

---

7 "Las mujeres son extremas: ellas son mejores o peores que los hombres".

8 «"Los hombres saben que no pueden competir con las mujeres y por tanto escogen a las más débiles o las más ignorantes. Si no pensaran así no temerían que las mujeres llegasen a saber tanto como ellos..." En justicia al sexo débil, la honradez más elemental me hace manifestar que, en una conversación posterior, me dijo que había hablado en serio.» Boswell, *The Journal of a Tour to the Hebrides*.

9 «Los antiguos germanos creían que había algo sagrado en las mujeres y por este motivo las consultaban como oráculos.» Fraser, *Golden Bough*.

asombroso, era humillante. Se me había escurrido la verdad entre los dedos. Se había escurrido hasta la última gota.

De ninguna manera podía irme a casa y pretender hacer una contribución seria al estudio de las mujeres y la ficción escribiendo que las mujeres tienen menos pelo en el cuerpo que los hombres o que la edad de la pubertad entre las habitantes de las islas del Sur es los nueve años. ¿O era a los noventa? Hasta mi letra, en su desconcierto, se había vuelto indescifrable. Era vergonzoso no tener nada más concreto o respetable que decir luego de una mañana de trabajo. Y si no encontraba la verdad sobre M (para abreviar, así es como la llamaba) en el pasado, ¿para qué tomarme la molestia de investigar sobre M en el futuro? Consultar a los muchos caballeros especializados en el estudio de la mujer y de su efecto sobre cualquier cosa —la política, los niños, los salarios, la moral— por innumerables y muy dedicados que fueran, lucía como una pérdida de tiempo. Mejor dejar sus libros cerrados.

Pero, mientras meditaba en mi desidia, había estado trazando, como parte de mi estado de desesperación, un dibujo en la parte de la hoja en la que, como mi vecino, tendría que haber estado escribiendo una conclusión. Había dibujado una cara, una silueta. Eran la silueta y la cara del Profesor Von X concentrado en escribir su obra monumental titulada *La inferioridad mental, moral y física del sexo femenino*. En mi dibujo, no era un hombre que hubiera resultado atractivo para las mujeres. Era de gran talla; tenía una enorme mandíbula y ojos demasiado pequeños; tenía la cara muy roja. Por su expresión, podía entenderse que trabajaba bajo una emoción que le producía clavar la pluma en el papel, como si, al escribir, estuviera aplastando un insecto peligroso; pero, una vez muerto, todavía no se sentía satisfecho; tuvo que seguir matándolo; y aun así parecía quedarle algún motivo de furia e ira. ¿Era acerca de, quizá, su mujer?, me pregunté mirando el dibujo. ¿Estaría enamorada de un oficial de caballería? ¿Era aquel oficial delgado y elegante e iba vestido de piel? ¿Acaso, pensé usando la teoría freudiana, alguna linda chica se había burlado del profesor cuando estaba en la cuna? Porque, el profesor, ni en la cuna podía haber sido un niño atractivo. Fuese cual fuese la razón, el profesor lucía en mi dibujo muy enojado y muy feo, ocupado en escribir su gran obra sobre la inferioridad mental, moral y física de las mujeres. Trazar pequeños dibujos era un modo ocioso de terminar una mañana de trabajo improductiva. Es a veces en nuestro ocio, en nuestros sueños, sin embargo, cuando la verdad de las profundidades sube a la superficie. Un esfuerzo psicológico muy básico, al que no puedo otorgar el nombre respetable de psicoanálisis, me mostró, mirando mi cuaderno, que el dibujo del profesor era producto de la cólera. La cólera me había quitado el lápiz mientras soñaba. Pero ¿qué hacía allí esa cólera? Interés, desconcierto, diversión, aburrimiento, todas estas emociones me habían ido atravesando durante el transcurso de la mañana, podía recordarlas y nombrarlas. ¿La cólera, la serpiente negra, acaso, estaba escondida entre ellas? El dibujo me decía que sí. Me señalaba sin dudarlo el libro, la frase exacta que había hostigado al demonio: era la certeza del profesor que afirmaba la inferioridad mental, moral y física de las mujeres. Mi corazón había dado un salto. Me había subido la temperatura de las mejillas. Me había enrojecido de cólera. No era sorprendente esta reacción, por tonta que fuera. A una no le gusta que le digan que es inferior a un hombrecito solamente por naturaleza (miré al estudiante que estaba a mi lado —que respira ruidosamente, usa corbata de nudo fijo y lleva quince días sin afeitarse—). Una tiene sus vanidades. Es la naturaleza humana, pensé, y me puse a dibujar ruedas de auto y círculos sobre la cara del iracundo profesor, hasta que pareció un arbusto en llamas o un barrilete prendido fuego, una imagen sin apariencia humana. Ahora el profesor era apenas un haz de leña que ardía en la cima de Hampstead Heath. Rápidamente estuvo explicada y eliminada mi propia cólera; pero quedó la inquietud. ¿Cómo explicar la cólera de los profesores? ¿Por qué estaban tan furiosos? Porque cuando me puse a analizar la sensación que me habían dejado aquellos libros, en todos había un elemento de acaloramiento. Y este acaloramiento tomaba formas muy diversas; se expresaba en sátira, en sentimiento, en curiosidad, en reprobación. Pero había otro elemento presente, aunque no me había sido posible identificar de inmediato. Cólera, lo llamé. Pero era una cólera que se había hecho subterránea y se había mezclado con muchas otras emociones. A juzgar por sus insólitos efectos, era una cólera disfrazada y compleja, no una cólera simple y declarada.

Por la razón que fuera, todos aquellos libros, pensé mirando la pila que había en el escritorio, no servían a mis propósitos. No tenían valor científico, quiero decir, aunque desde el punto de vista humano desbordaban cultura, interés, aburrimiento y narraban hechos extremadamente llamativos sobre los hábitos de las habitantes de las Islas Fidji. Habían sido escritos bajo la luz roja de la emoción, no bajo la luz blanca de la verdad. Por eso debía devolverlos al mostrador central y cada uno debía regresar a la celda que le correspondía en el enorme panal. Todo lo que había salvado aquella mañana de trabajo era aquel asunto de la cólera. Los profesores —hacía con todos ellos un solo paquete— estaban enojadísimos. Pero ¿por qué?, me pregunté después de devolver los libros. ¿Por qué?, repetí parada bajo la columna, entre las palomas y las canoas prehistóricas. ¿Por qué están tan furiosos? Y formulándome esta pregunta me fui lentamente en busca de un sitio donde almorzar. ¿Cuál es la verdadera naturaleza de lo que, hasta ahora, llamo su cólera? Tenía allí un acertijo que tardaría en resolver el tiempo que tardan en servirle a uno en un pequeño restaurante de las cercanías del British Museum. Algún cliente había dejado en una silla la edición del mediodía del periódico de la noche y, mientras esperaba que me sirvieran, me puse a leer los titulares. Un renglón de letras muy grandes cruzaba la página. Alguien había alcanzado una puntuación muy alta en Sudáfrica. Titulares menores anunciaban que Sir Austen Chamberlain se hallaba en Ginebra. Habían hallado en una bodega un hacha de cortar carne con cabello humano pegado. El juez X… había comentado en el Tribunal de Divorcios la desvergüenza de las Mujeres. Desparramadas por el diario había otras noticias. Habían bajado a una actriz de cine desde lo alto de un pico de California y la habían mantenido suspendida en el aire. Iba a haber niebla. Ni el más fugaz visitante de este planeta que agarrara el diario, pensé, podría dejar de ver, aun con estos variados testimonios, que Inglaterra se encontraba bajo las reglas de un patriarcado. Nadie en sus cabales podría dejar de notar la dominación del profesor. Él era el poder, el dinero y la influencia. Era el propietario del diario, y su director, y su subdirector. Era el ministro de Asuntos Exteriores y el juez. Era el jugador de criquet; era el dueño de los caballos de carreras y de los yates. Era el director de la compañía que paga el doscientos por ciento a sus accionistas. Entregaba millones a sociedades de beneficencia y colegios que él mismo dirigía. Era él quien suspendía en el aire a la actriz de cine. Él decidiría si el cabello pegado al hacha era humano; él absolvería o condenaría al asesino, él lo colgaría o lo pondría en libertad. A excepción de la niebla, parecía controlarlo todo. Y, a pesar de todo, estaba furioso. Me había evidenciado ese enojo el signo siguiente: al leer lo que escribía sobre las mujeres, yo no había pensado en lo que decía, sino en él personalmente. Cuando un razonador razona sin pasión, se concentra sólo en su razonamiento y el lector no puede más que pensar también en el razonamiento. Si el profesor hubiera escrito sobre las mujeres de modo desapasionado, si se hubiera centrado en pruebas irrefutables para establecer su razonamiento y no hubiera dado el más mínimo signo de desear que el resultado fuera uno en vez de otro, tampoco el lector se hubiera sentido enojado. Hubiera aceptado el hecho, como uno acepta el hecho de que las arvejas son verdes o los canarios amarillos. Así sea, hubiera dicho yo. Pero me había sentido enojada porque él estaba enojado. Y, sin embargo, resultaba absurdo, pensé mirando el diario de la noche, que un hombre con semejante poder estuviese furioso. ¿O acaso la ira, me pregunté, es el familiar, el ayudante del poder? La gente rica, por ejemplo, está enojada con frecuencia porque sospecha que la gente pobre quiere apoderarse de sus riquezas. Los profesores o patriarcas, para darles un nombre más exacto, quizás estén furiosos, en parte, por esta misma razón; pero en parte lo están por otra, que se encuentra en la superficie pero de modo menos evidente. Probablemente no estaban enojados; sin duda, más de uno era en su vida privada un hombre capaz de admiración, leal, ejemplar. Posiblemente, cuando el profesor ponía demasiado énfasis en la inferioridad de las mujeres, no era la inferioridad de las mujeres lo que le preocupaba, sino su propia superioridad. Era esto lo que estaba intentando proteger un poco acaloradamente y con excesiva insistencia, porque para él era una joya de valor incalculable. Para ambos sexos —y los vi pasar por la vereda a los codazos— la vida es ardua, difícil, una lucha permanente. Precisa un coraje y una fuerza de gigante. Sobre todo, viviendo de la ilusión como vivimos, probablemente lo más importante para nosotros sea la confianza en nosotros mismos. Sin esta confianza somos como bebés en la cuna. Y, ¿cómo engendrar esta condición imponderable y no obstante tan valiosa, lo más velozmente posible? Pensando que los demás son inferiores a nosotros. Creyendo que tenemos sobre las demás personas una superioridad innata, ya sea la riqueza, el rango, una nariz recta o un retrato de un abuelo pintado por Rommey, porque no tienen fin los patéticos recursos de la imaginación humana. De allí la enorme importancia que tiene para un patriarca, que debe conquistar, que debe gobernar, creer que una gran cantidad de personas, la mitad de la especie humana, es por naturaleza inferior a él. Debe ser, en realidad, una de las fuentes más importantes de su poder. Pero, pensé, apliquemos la luz de esta observación a la vida real. ¿Colabora, acaso, para descifrar alguno de estos enigmas psicológicos que uno anota en el margen de la vida cotidiana?

¿Explica el asombro que atravesé el otro día cuando Z, el más humano, más modesto de los hombres, al tomar un libro de Rebecca West y leer un fragmento, dijo: "¡Esta auténtica feminista! ¡Dice que los hombres son esnobs!"? Esta exclamación que me había generado tanta sorpresa –¿por qué era Miss West una "auténtica feminista" por el simple hecho de hacer una observación posiblemente correcta, aunque poco halagadora, sobre el otro sexo?– no era el simple grito del orgullo herido; era una protesta contra una violación del derecho de Z a creer en sí mismo. A lo largo de todos estos siglos, las mujeres han sido espejos dotados del mágico y delicioso poder de reflejar una silueta del hombre del doble de tamaño del natural. Sin este poder, la tierra indudablemente seguiría siendo pantano y selva. Serían desconocidas las glorias de todas nuestras guerras. Todavía estaríamos tallando siluetas de ciervos en los restos de huesos de cordero y cambiando pedernales por pieles de cordero o cualquier adorno sencillo que sedujera nuestro gusto poco sofisticado. Los Superhombres y Dedos del Destino nunca habrían existido. El Zar y el Káiser nunca hubieran portado coronas o las hubieran perdido. No importa el uso que se les dé en las sociedades civilizadas, los espejos son imprescindibles para toda acción violenta o heroica. Por esta razón, tanto Napoleón como Mussolini insisten tan enfáticamente en la inferioridad de las mujeres, ya que si ellas no fueran inferiores, ellos dejarían de agrandarse. Así queda parcialmente explicado que con frecuencia las mujeres resulten imprescindibles para los hombres. Y así se entiende mejor, también, por qué a los hombres los intranquilizan tanto las críticas de las mujeres; por qué las mujeres no les pueden decir este libro es malo, este cuadro es flojo o lo que sea sin causar mucho más dolor y provocar mucha más bronca de los que generaría esa misma crítica pero hecha por un hombre. Porque si ellas se disponen a decir la verdad, la imagen del espejo se achica; la robustez del hombre ante la vida disminuye. ¿Cómo va a emitir juicios, civilizar indígenas, hacer leyes, escribir libros, vestirse de etiqueta y hacer discursos en los banquetes si a la hora del desayuno y de la cena no puede verse a sí mismo por lo menos al doble de tamaño de lo que realmente es? Así meditaba yo, desmigajando mi pan y revolviendo el café, y mirando cada tanto a la gente que pasaba por la calle. La imagen del espejo tiene una importancia suprema, porque carga la vitalidad, estimula el sistema nervioso. Si es suprimida, puede que el hombre muera, como el adicto a las drogas privado de cocaína. La mitad de las personas que pasan por la vereda, pensé mirando por la ventana, se van a trabajar bajo el embrujo de esta ilusión. Se ponen el sombrero y se abrigan por la mañana bajo sus agradables rayos. Empiezan el día plenas de confianza, fortalecidas, creyéndose deseadas en la merienda de Miss Smith; se dicen a sí mismas al entrar en la habitación: "Soy superior a la mitad de la gente que está aquí". Esto explica, indudablemente, que hablen con tal confianza, la seguridad en sí mismas que ha tenido consecuencias tan profundas en la vida pública y dado origen a tan curiosas notas en el margen de la mente privada.

Pero estos aportes al peligroso y fascinante tema de la psicología del otro sexo —tema que, espero, estudien cuando cuenten con quinientas libras al año— se vieron interrumpidas por la necesidad de pagar la cuenta. Eran cinco chelines y nueve peniques. Le di al mozo un billete de diez chelines y se fue a buscar cambio. Había otro billete de diez chelines en mi monedero; lo miré, porque esta capacidad que tiene mi monedero de producir automáticamente billetes de diez chelines es algo que todavía me quita la respiración. Lo abro y allí están. La sociedad me da pollo y café, cama y alojamiento, a cambio de cierto número de trozos de papel que me dejó mi tía por el simple motivo de que llevaba su nombre. Mi tía, Mary Beton —déjenme que se los cuente—, murió al caer de un caballo un día que salió a tomar el aire en Bombay. Supe de mi herencia una noche, más o menos al mismo tiempo que se aprobaba una ley que les otorgaba el voto a las mujeres. Una carta de un notario llegó a mi buzón y al abrirla me encontré con que mi tía me había dejado quinientas libras al año hasta el resto de mis días. De las dos cosas —el voto y el dinero—, confieso que el dinero me pareció la más importante. Hasta entonces me había ganado la vida mendigando trabajitos en los diarios, contando una exposición de asnos o un casamiento; había ganado algunas libras escribiendo sobres, leyendo para viejas señoras, haciendo flores artificiales, enseñando el alfabeto a niños pequeños en un jardín de infantes. Eran estas las principales ocupaciones que nos permitían a las mujeres antes de 1918. No necesito, creo, describir detalladamente la dureza de esta clase de trabajo, porque seguramente conozcan mujeres que lo han hecho, ni lo difícil de vivir del dinero así ganado, porque probablemente lo hayan intentado. Pero lo que recuerdo permanentemente como un yugo peor que estas dos cosas es el veneno del miedo y de la amargura que estos días me trajeron. Para empezar, estar siempre haciendo un trabajo que no se desea hacer y hacerlo como un esclavo, halagando y adulando incluso, aunque quizá no siempre fuera necesario; pero parecía necesario y la apuesta era demasiado grande para correr riesgos; y luego el pensamiento de este único don que era un peso tener que esconder, un don pequeño, probablemente, pero querido para quien lo posee, y que se iba marchitando, y con él mi ser, mi alma. Todo esto se convirtió en una carcoma que iba royendo las flores de la primavera, destruyendo el corazón del árbol. Igualmente, como les contaba, mi tía murió; y cada vez que cambio un billete de diez chelines, desaparece un poco de esta carcoma y de esta corrosión; se van el miedo y la amargura. Realmente, pensé, guardando las monedas en mi cartera, recordando aquellos días, es notable el cambio de humor que traen consigo unos ingresos fijos. Ninguna fuerza en el mundo puede quitarme mis quinientas libras. Casa, comida y abrigo son míos para siempre. Por lo tanto, el esfuerzo y la lucha se terminan, pero también el odio y la amargura. No necesito odiar a ningún hombre; no puede herirme. No necesito halagar a ningún hombre; no tiene nada que darme. Entonces, sin notarlo, fui adoptando una nueva actitud hacia la otra mitad de la especie humana. Era absurdo culpar a ninguna clase o sexo en conjunto. Las grandes masas de gente no son responsables de sus acciones. Las mueven instintos que están fuera de su control. También ellos, los patriarcas, los profesores, tenían que combatir una enormidad de dificultades, tropezaban con terribles obstáculos. Su educación había sido, en algunos aspectos, tan deficiente como la mía. Había generado en ellos defectos igual de grandes. Es cierto, tenían dinero y poder, pero sólo a cambio de albergar dentro de sí un águila, un buitre que les mordía eternamente el hígado y les picoteaba los pulmones: el instinto de poseer, el frenesí de adquirir, que los empujaba permanentemente a desear los campos y los bienes ajenos, a hacer fronteras y banderas, barcos de guerra y gases venenosos; a entregar su propia vida y la de sus hijos. Pasen por debajo del Admiralty Arch (había llegado a este monumento) o recorran cualquier avenida dedicada a los trofeos y al cañón y reflexionen sobre la clase de gloria que allí se festeja. O miren, en una soleada mañana de primavera, al corredor de Bolsa y al gran abogado encerrándose en algún edificio para hacer más dinero, cuando se sabe que quinientas libras pueden mantenerlo a uno vivo al sol. Estos instintos son desagradables de albergar, pensé. Nacen de las condiciones de vida, de la falta de civilización, me dije contemplando la estatua del duque de Cambridge y particularmente las plumas de su sombrero de tres picos con una atención de la que raramente habrían sido objeto antes. Y al ir dándome cuenta de estos obstáculos, el miedo y la amargura se fueron transformando poco a poco en piedad y tolerancia; y luego, al cabo de un año o dos, desaparecieron la piedad y la tolerancia y llegó la mayor liberación de todas, la libertad de pensar directamente en las cosas. Ese edificio, por ejemplo, ¿me gusta o no? ¿Es bella aquella pintura o no? En mi opinión, ¿este libro es bueno o malo? En verdad, la herencia de mi tía me permitió ver el cielo al descubierto y sustituyó la inmensa e imponente imagen de un caballero, que Milton me había recomendado que adorara eternamente, por una visión del cielo abierto.

Sumergida en estos pensamientos, en estas especulaciones, regresé hacia mi casa a la orilla del río. Se estaban encendiendo las lámparas y se había producido en Londres desde la mañana una transformación indescriptible. Era como si la gran máquina, después de todo un día de trabajo, con nuestra ayuda hubiera hecho unas cuantas yardas de algo muy emocionante y hermoso, una tela de fuego en que resplandecían ojos rojos, un monstruo leonado que gruñía emanando aire caliente. Hasta el viento parecía flamear como una bandera, azotando las casas y sacudiendo los cercos. En mi pequeña calle, sin embargo, reinaba la domesticidad. El pintor de paredes bajaba de su escalera; la niñera empujaba el cochecito esquivando con cuidado a la gente, regresando a casa para dar la cena a los niños; el repartidor de carbón doblaba sus bolsas vacías una encima de otra; la mujer del mercado sumaba las entradas del día con sus manos cubiertas de mitones rojos. Pero tan absorta me encontraba yo en el problema que habían puesto sobre mis hombros que no pude ver estas escenas cotidianas sin relacionarlas con un único tema. Pensé que ahora es mucho más difícil de lo que debió ser hace un siglo decir cuál de estos trabajos es el más alto, el más necesario. ¿Es mejor ser niñera o repartidor de carbón? ¿Es menos útil al mundo la mujer de limpieza que ha criado ocho niños que el abogado que ha hecho cien mil libras? Es inútil hacer estas preguntas, nadie puede contestar. No sólo sube y baja de una década a otra el valor relativo de las mujeres de limpieza y de los abogados, sino que ni siquiera tenemos referencia para medir su valor del momento. Había sido una tontería de mi parte pedirle al profesor que me diera "pruebas irrefutables" de este o aquel razonamiento sobre las mujeres. Aunque pudiera valorarse un talento en un momento determinado, estos valores están destinados a cambiar; dentro de un siglo es muy probable que hayan cambiado en su totalidad. Asimismo, dentro de cien años, pensé llegando a la puerta de mi casa, las mujeres habrán cesado de ser el sexo protegido. Seguramente, tomarán parte en todas las actividades y trabajos que antes les prohibían. La niñera repartirá carbón. La tendera manejará una locomotora. Todos los supuestos fundados en hechos observados cuando las mujeres eran el sexo protegido habrán desaparecido, como, por ejemplo (en este momento pasó por la calle un pelotón de soldados), la de que las mujeres, los curas y los jardineros viven más años que los demás. Supriman esta protección, sometan a las mujeres a las mismas actividades y trabajos que los hombres, hagan de ellas soldados, marinos, maquinistas y repartidores y ¿acaso las mujeres no morirán mucho más jóvenes, mucho antes que los hombres y uno dirá: "Hoy he visto a una mujer", como antes solía decir: "Hoy he visto un avión"? No se sabe lo que ocurrirá cuando el ser mujer ya no sea una ocupación protegida, pensé abriendo la puerta. Pero, ¿qué tiene que ver todo esto con el tema de mi conferencia, las mujeres y la ficción?, me pregunté entrando en casa.

Tres

Me decepcionaba no haber vuelto a la noche a casa con alguna afirmación importante, algún hecho auténtico. Las mujeres son más pobres que los hombres por tal o cual razón. Quizás ahora valdría más la pena renunciar antes que ir a buscar la verdad y recibir en la cabeza una avalancha de opiniones calientes como la lava y descolorida como el agua de lavar platos. Sería mejor cerrar las cortinas, dejar afuera todas las distracciones, encender la lámpara, restringir la búsqueda y pedirle al historiador, que no registra opiniones, sino hechos, que describiera las condiciones en que habían vivido las mujeres, no en todas las épocas pasadas, sino en Inglaterra en el tiempo de, supongamos, Isabel I.

Verdaderamente, es un eterno misterio por qué ninguna mujer escribió una sola palabra de aquella literatura extraordinaria cuando, al parecer, cualquier hombre tenía disposición para la canción o el soneto. ¿Cuáles eran las condiciones en las que vivían las mujeres?, me pregunté; porque la ficción, es decir, la obra de imaginación, no cae al suelo como una piedra, como probablemente ocurra con la ciencia. La obra de imaginación es como una tela de araña: está atada a la realidad, leve, muy levemente quizá, pero está atada a ella por las cuatro puntas. A veces la atadura es apenas visible; las obras de Shakespeare, por ejemplo, parecen pender, completas, por sí mismas. Pero al estirar la tela por un lado, engancharla por una punta, rasgarla en el medio, uno se acuerda de que estas telas de araña no las hilan en el aire criaturas sin cuerpo, sino que son obra de seres humanos que sufren y están ligadas a cosas materiales y ordinarias, como la salud, el dinero y las casas en que vivimos. Fui, entonces, al estante donde guardaba los libros de Historia y tomé uno de los más recientes, la *Historia de Inglaterra* del profesor Trevelyan. Una vez más busqué "Mujeres" en el índice, encontré "posición de" y abrí el libro en la página indicada. "Pegarle a su mujer —leí— era un derecho reconocido del hombre y lo ejercían sin avergonzarse tanto las clases altas como las bajas... Del mismo modo —seguía diciendo el historiador— la hija que se negaba a casarse con el caballero que sus padres habían elegido para ella" quedaba expuesta a que la encerraran bajo llave, le pegaran y la zarandearan por la habitación, sin que la opinión pública se escandalizara. El matrimonio no tenía que ver con un afecto personal, sino de codicia familiar, en particular entre las clases altas de "caballeros"... El noviazgo se formalizaba frecuentemente cuando las dos partes partes se encontraban todavía en la cuna y la boda se celebraba cuando apenas habían dejado a sus niñeras. Esto sucedía en 1470, apenas después del tiempo de Chaucer. La referencia siguiente es sobre la posición de las mujeres unos doscientos años más tarde, en la época de los Estuardo. "Eran excepción las mujeres de la clase alta o media que elegían a sus propios maridos, y cuando el marido era asignado, se volvía el amo y señor, al menos dentro de lo que permitían la ley y la costumbre". "A pesar de ello —concluye el profesor Trevelyan—, ni las mujeres de las obras de Shakespeare, ni las mencionadas en las *Memorias auténticas del siglo diecisiete* como las Verneys y las Hutchinsons, parecen carecer de personalidad o carácter". Por supuesto, si nos detenemos a pensarlo, sin duda Cleopatra sabía ir sola; Lady Macbeth, podemos suponer, tenía una voluntad propia; Rosalinda, concluye uno, debió ser una joven atractiva. El profesor Trevelyan dice la verdad cuando observa que las mujeres de las obras de Shakespeare no parecen carecer de personalidad ni de carácter. Sin ser historiador, quizá podría uno ir un poco más allá y decir que las mujeres han ardido como faros en las obras de todos los poetas desde el principio de los tiempos: Clitemnestra, Antígona, Cleopatra, Lady Macbeth, Fedra, Gessida, Rosalinda, Desdémona, la duquesa de Malfi entre los dramaturgos; luego, entre los prosistas, Millamant, Clarisa, Becky Sharp, Ana Karenina, Emma Bovary, Madame de Guermantes. Los nombres vienen en manada a mi mente y no evocan mujeres que "carecían de personalidad o carácter". En realidad, si la mujer hubiera existido únicamente en las obras escritas por los hombres, podríamos imaginarla como una persona de máxima importancia; diversa: heroica y malvada, espléndida y sórdida, infinitamente bella y horrible a más no poder, tan grande como el hombre, más según algunos. Pero esta es la mujer de la literatura. En la realidad, como dice el profesor Trevelyan, la encerraban bajo llave, le pegaban y la zarandeaban por la habitación.

Un ser verdaderamente extraño, una amalgama emerge de todo esto. En territorio de la ficción, tiene la mayor importancia; en la práctica, es totalmente insignificante. Reina en la poesía de principio a fin de libro; en la Historia prácticamente no aparece. En la literatura domina la vida de reyes y conquistadores; en la realidad, era la esclava de cualquier joven a quien sus padres le pusieran a la fuerza un anillo en el dedo. Algunas de las más inspiradas palabras, de los pensamientos más profundos salen de sus labios en la literatura; en la vida real, sabía apenas leer, apenas escribir y era propiedad de su marido.

Era ciertamente un extraño monstruo lo que resultaba de leer a los historiadores primero y a los poetas después: un gusano con alas de águila, el espíritu de la vida y la belleza en una cocina cortando sebo. Pero estos monstruos, por mucho que entretengan la imaginación, carecen de existencia real. Lo que debe hacerse para que la mujer tenga vida es pensar simultáneamente en términos poéticos y prosaicos, sin perder de vista los hechos —la mujer es Mrs. Martin, de treinta y seis años, viste de azul, usa un sombrero negro y zapatos marrones—, pero sin perder de vista la literatura —la mujer es un envase en el que fluyen y relampaguean permanentemente toda clase de espíritus y fuerzas. Pero, si se aplica este método a la mujer de la época de Isabel I, una fase de la iluminación falla; nos detiene la falta de conocimientos. No se sabe nada con detalle, nada estrictamente verdadero y sólido sobre ella. La Historia apenas la menciona. Y de nuevo acudí al profesor Trevelyan para ver qué entendía él por Historia. Leyendo los títulos de los capítulos, vi qué entendía: "El Tribunal del Señorío y los Métodos de Cultivo en Campo Abierto... Los Cistercienses y la Cría de Corderos... Las Cruzadas... La Universidad... La Cámara de los Comunes... La Guerra de los Cien Años... Las Guerras de las Rosas... Los Humanistas del Renacimiento... La Disolución de los Monasterios... La Lucha Agraria y Religiosa... El Origen del Poder Marítimo de Inglaterra... La Armada...", etcétera. De vez en cuando se menciona a alguna mujer determinada, alguna Elizabeth o alguna Mary; una reina o una gran dama. Pero de ninguna manera hubieran podido las mujeres de la clase media, teniendo simplemente su inteligencia y carácter, ser parte de los grandes movimientos que forman, reunidos, la mirada que tiene el historiador sobre el pasado. No la encontraremos, tampoco, en ningún anecdotario. Aubrey apenas la menciona. Ella apenas habla de su propia vida y raramente escribe un Diario; no existen más algunas de sus cartas. No dejó obras de teatro ni poemas que nos dejen juzgarla. Lo que se necesita —¿y por qué no la reúne alguna estudiante de Newham o Girton?— es un conjunto de datos: a qué edad se casaba la mujer; cuántos hijos tenía; cómo era su casa; si tenía o no una habitación propia; si cocinaba ella misma; si era factible que tuviera una sirvienta. Todos estos hechos deben estar en alguna parte, me imagino, en los registros de las parroquias y los libros de cuentas; la vida de la mujer común de la época de Isabel I estaría dispersa en algún sitio, si alguien quisiera tomarse la molestia de reunir los datos y escribir un libro sobre el tema. Sería por demás ambicioso, pensé buscando en los estantes libros que no estaban allí, sugerir a las estudiantes de aquellos colegios famosos que reescribieran la Historia, aunque confieso que, tal como está escrita, con frecuencia me parece un poco rara, irreal, despareja; pero ¿por qué no podrían agregar un anexo a la Historia, dándole, por ejemplo, un nombre muy discreto para que las mujeres pudieran figurar en él sin que resulte inapropiado? Se las logra ver un instante en las vidas de los grandes hombres, desapareciendo rápidamente en la distancia, escondiendo a veces, creo, un guiño, una risa, probablemente una lágrima. Y, después de todo, contamos con bastantes biografías de Jane Austen; resulta apenas necesario volver a estudiar la influencia de las tragedias de Joanna Baillie sobre la poesía de Edgar Allan Poe; y, en lo que a mí respecta, no me importaría que cerraran al público durante un siglo al menos las casas que habitó y visitó Mary Russel Mitford. Pero lo que encuentro lamentable, continué mientras recorría de nuevo los estantes, es que no se sepa nada de la mujer antes del siglo dieciocho. No tengo en mi mente ningún modelo al que pueda considerar bajo todos sus aspectos. Pregunto por qué las mujeres no escribían poesía en la época de Isabel I y no estoy segura de cómo las educaban; de si les enseñaban a escribir; de si tenían cuartos para su uso particular; no sé cuántas mujeres tenían hijos antes de cumplir los veintiún años ni, en síntesis, lo que hacían de las ocho de la mañana a las ocho de la noche. No tenían dinero, de esto no hay dudas; según el profesor Trevelyan, las casaban, les gustara o no, antes de que abandonaran a sus niñeras, a los quince o dieciséis años a más tardar. Hubiera sido muy raro, concluí, que una mujer escribiese de pronto, estando en esta situación, las obras de Shakespeare. Y pensé en aquel anciano caballero, que ahora está muerto, pero que era un obispo, creo, y que sentenció que era imposible que alguna mujer del pasado, del presente o del futuro tuviera el genio de Shakespeare. Escribió en los diarios acerca de ello. También le dijo a una señora, que le solicitó información, que los gatos, en realidad, no van al paraíso, aunque tienen, agregó, cierta clase de alma. ¡Cuántas dudas le ahorraban a una estos ancianos caballeros! ¡Al acercarse ellos, cómo retrocedían las fronteras de la ignorancia! Los gatos no van al cielo. Las mujeres no pueden escribir las obras de Shakespeare. A pesar de todo no pude dejar de pensar, mirando las obras de Shakespeare en el estante, que el obispo tenía razón al menos en esto: le hubiera sido imposible, del todo imposible, a una mujer escribir las obras de Shakespeare en la época de Shakespeare. Déjenme imaginar, porque los datos son tan difíciles de obtener, lo que hubiera ocurrido si Shakespeare hubiera tenido una hermana maravillosamente talentosa, llamada Judith, supongamos. Shakespeare, él fue sin duda —su madre era una heredera— a la escuela secundaria, donde probablemente aprendió el latín —Ovidio, Virgilio y Horacio— y los elementos de la gramática y la lógica. Era, se sabe, un chico indómito que cazaba conejos, quizá mató algún ciervo y tuvo que casarse, quizás algo antes de lo que hubiera decidido, con una mujer del vecindario que le dio un hijo más temprano de lo debido. A raíz de esta aventura, se fue a Londres a buscar fortuna. Sentía, según parece, inclinación hacia el teatro; empezó cuidando caballos en la entrada de los artistas. Rápidamente encontró trabajo en el teatro, fue un actor exitoso y vivió en el centro del universo, tendiendo amistad con todo el mundo, practicando su arte sobre las tablas, ejercitando su ingenio en las calles y encontrando, incluso, acceso al palacio de la reina. Mientras tanto, su talentosa hermana, supongamos, se quedó en casa. Tenía el mismo espíritu aventurero, la misma imaginación, las mismas ganas de ver el mundo que él. Pero no la mandaron a la escuela. No tuvo oportunidad de aprender la gramática ni la lógica, ni pensemos en leer a Horacio ni a Virgilio. De vez en cuando agarraba un libro, uno de su hermano seguramente, y leía unas cuantas páginas. Pero entonces entraban sus padres y le decían que se zurciera las medias o vigilara el guisado y no perdiera el tiempo con libros y papeles. Sin duda hablaban con firmeza, pero también con ternura, pues era gente acomodada que conocía las condiciones de vida de las mujeres y querían a su hija; seguro que Judith era en verdad la niña de los ojos de su padre. Probablemente garabateaba unas cuantas páginas a escondidas en un altillo lleno de manzanas, pero se cuidaba de esconderlas o quemarlas. Pronto, sin embargo, antes de cumplir veinte años, planeaban casarla con el hijo de un comerciante de lanas del vecindario. Gritó que odiaba esto y por este motivo su padre le pegó severamente. Luego paró de retarla. Le rogó en cambio que no lo lastimara, que no lo

avergonzara con el motivo de esta boda. Le regalaría un collar o unas bonitas enaguas, dijo; y había lágrimas en sus
ojos. ¿Cómo podía Judith desobedecerlo? ¿Cómo podía
romper su corazón? Sólo la fuerza de su talento la lanzó a
ello. Hizo un paquetito con sus cosas, se descolgó con una
cuerda por la ventana de su habitación una noche de verano
y tomó el camino de Londres. Todavía no había cumplido
los diecisiete años. Los pájaros que cantaban en los setos no
sentían la música más que ella. Tenía una gran facilidad, el
mismo talento que su hermano, para absorber la musicali-
dad de las palabras. Igual que él, sentía inclinación al teatro.
Se colocó junto a la entrada de los artistas; quería actuar,
dijo. Los hombres se rieron en su cara. El director —un hombre gordo con labios colgantes— soltó una carcajada. Chilló
algo sobre perritos que bailaban y mujeres que actuaban.
Ninguna mujer, dijo, podía de ninguna manera ser actriz.
Insinuó… ya suponen qué. Judith no pudo aprender el oficio
que había elegido. ¿Podía aunque sea ir a cenar a una taberna
o pasear por las calles a la medianoche? Sin embargo, ardía
en ella el genio del arte, un genio deseoso de alimentarse con
abundancia del espectáculo de la vida de los hombres y las
mujeres y del estudio de su modo de ser. Finalmente —pues
era joven y se parecía curiosamente al poeta, con los mismos
ojos grises y las mismas cejas arqueadas—, finalmente Nick
Greene, el actor-director, se apiadó de ella; se encontró em-
barazada por obra de este caballero y —¿quién puede medir el
calor y la violencia de un corazón de poeta apresado y em-
brollado en un cuerpo de mujer?— se mató una noche de invierno y yace enterrada en una encrucijada donde ahora

paran los autobuses, junto a la taberna del *Elephant and Castle*.

Esta sería, creo, la historia de una mujer que en la época de Shakespeare hubiera tenido el genio de Shakespeare. En lo que a mí respecta, estoy de acuerdo con el difunto obispo, si es que era tal cosa: es imposible que una mujer hubiera podido tener el genio de Shakespeare en la época de Shakespeare. Porque genios como el de Shakespeare no florecen entre los trabajadores, los incultos, los sirvientes. No florecieron en Inglaterra entre los sajones ni entre los britanos. No florecen hoy en las clases obreras. ¿Cómo, entonces, hubieran podido florecer entre las mujeres, que comenzaban a trabajar, según el profesor Trevelyan, apenas alejadas del cuidado de sus niñeras, que se veían forzadas a ello por sus padres y el poder de la ley y las costumbres? Pero, debe de haber existido un talento de alguna clase entre las mujeres, del mismo modo que debe haber existido en las clases obreras. De vez en cuando brilla una Emily Brontë o un Robert Burns y revela su existencia. Sin embargo nunca dejó su huella en el papel. Y, cuando leemos algo sobre una bruja sumergida en el agua, una mujer poseída por los demonios, una mujer sabia que vendía hierbas o incluso un hombre muy importante que tenía una madre, nos hallamos, pienso, sobre la pista de una novelista frustrada, una poetisa reprimida, alguna Jane Austen desconocida y muda, alguna Emily Brontë que se trituró los sesos en los páramos o anduvo haciendo muecas por las calles, enloquecida por la tortura en la que la hacía vivir su talento. Me animaría a decir que Anon, que escribió tantos poemas sin firmarlos, era a veces una mujer. Según sugiere, creo, Edward Fitzgerald, quien compuso las baladas y las canciones folklóricas fue una mujer, cantándolas a sus niños, entreteniéndose mientras hilaba o durante las noches largas de invierno.

Esto podría ser verdad o podría ser falso —¿quién puede saberlo?—, pero lo que sí me pareció a mí definitivamente cierto, recorriendo la historia de la hermana de Shakespeare así como la había inventado, es que cualquier mujer nacida en el siglo dieciséis con un gran talento se hubiera vuelto loca, se hubiera suicidado o hubiera terminado sus días en alguna casa solitaria en las afueras del pueblo, medio bruja, medio hechicera, objeto de miedo y burlas. Porque no es necesario ser un gran psicólogo para saber que una muchacha muy talentosa que hubiera intentado usar su talento para la poesía hubiera tropezado con tanta frustración, la gente le hubiera creado tantas dificultades y la hubiera torturado y arrancado de tal manera sus propios instintos contrarios que hubiera perdido la salud y la razón.

Ninguna joven hubiera podido caminar hasta Londres, colocarse junto a la entrada de los artistas y obtener a toda costa que la recibiera el actor-director sin que ello le significara una gran violencia y un gran sufrimiento y una angustia probablemente irracional —pues es posible que la castidad sea un fetiche inventado por algunas sociedades por algún motivo desconocido—, pero incluso así inevitable. La castidad tenía en aquel momento, sigue teniendo hoy en día, una importancia religiosa en la vida de una mujer y se ha metido de tal modo en sus nervios e instintos que para liberarla y sacarla a la luz se requiere un coraje muy poco común. Vivir en Londres una vida libre en el siglo dieciséis para una mujer que escribiera poesía y teatro hubiera significado una tensión nerviosa y un dilema tales que posiblemente la hubiesen matado. Y, de sobrevivir, todo lo escrito hubiese sido retorcido y deformado, por una imaginación tensa y mórbida. Y, sin ninguna duda, pensé mientras miraba los estantes en los que no había ni una obra de teatro escrita por una mujer, no hubiera firmado sus obras. Hubiera buscado indudablemente este refugio. Un resto del sentido de castidad es lo que sentenció al anonimato a las mujeres hasta muy tarde en el siglo diecinueve. Currer Bell, George Eliot, George Sand, todas ellas víctimas de una lucha interior, como revelan sus escritos, trataron sin éxito de ocultar su identidad tras un nombre de varón. Así honraron la convención, que el otro sexo no había impuesto pero sí animado libremente (la mayor gloria de una mujer es que no hablen de ella, dijo Pericles, un hombre, él, del que se habló mucho) de que la publicidad en las mujeres es despreciable. El anonimato corre por sus venas. El deseo de ir ocultas todavía las posee. Ni siquiera ahora las preocupa tanto como a los hombres la salud de su fama y, en general, pueden pasar cerca de una lápida funeraria o una señal de tránsito sin sentir la pulsión irresistible de escribir en ellos su nombre como Alf, Bert o Chas se ven obligados a hacer obedeciendo a su instinto, que les susurra cuando ve pasar a una bella mujer o a un simple perro: *Ce chien est à moi.* Y, por supuesto, puede no ser un perro, pensé acordándome de Parliament Square, la Sieges Allee y otras avenidas; puede ser un pedazo de tierra o un hombre con pelo negro y enrulado. Una de las grandes ventajas de ser mujer es poder cruzarse en la calle hasta con una hermosa mujer negra sin desear hacer de ella una mujer inglesa.

Esta mujer, entonces, nacida en el siglo dieciséis con talento para la poesía era una mujer desdichada, una mujer en lucha contra sí misma. Todas las circunstancias de su vida y sus propios instintos se oponían al estado mental que se necesita para liberar lo que se tiene en el cerebro. Pero, ¿cuál es el estado mental más adecuado para la acción creativa?, me pregunté. ¿Puede uno hacerse una idea del estado mental que beneficia y hace posible esta actividad extraña? En este momento abrí el volumen que contenía las tragedias de Shakespeare. ¿Cuál era el estado mental de Shakespeare cuando escribió, por ejemplo, *El Rey Lear* o *Antonio y Cleopatra*? Indudablemente era el estado mental más propicio para la poesía en que jamás nadie se ha encontrado. Pero el propio Shakespeare nunca mencionó una palabra de su estado mental. Solo sabemos por una feliz casualidad que "jamás tachaba un verso". De hecho, el artista nunca dijo nada de su propio estado mental hasta el siglo dieciocho. Rousseau quizá fue el primero. En cualquier caso, durante el siglo diecinueve la costumbre de autoanalizarse se había generalizado de tal manera que los hombres de letras solían describir sus estados mentales en confesiones y autobiografías. Incluso se escribían sus vidas y después de muertos se publicaban sus cartas. Por lo tanto, aunque no sepamos por qué experiencias pasó Shakespeare al escribir *El Rey Lear*, sí sabemos por cuáles pasó Carlyle al escribir *La revolución francesa* y Flaubert al escribir *Madame Bovary*, y qué atormentaba a Keats tratando de escribir poesía pese a la proximidad de la muerte y la indiferencia del mundo.

Y así se da uno cuenta, gracias a esta muy abundante literatura moderna de confesión y autoanálisis, que escribir una obra genial es prácticamente una proeza de una dificultad prodigiosa. Todo parece estar en contra de la probabilidad de que salga completa e intacta de la mente del escritor. Las circunstancias materiales suelen estar en contra. Ladran los perros; la gente interrumpe; hay que ganar dinero; la salud falla. La notable indiferencia del mundo enfatiza estas dificultades y las hace todavía más pesadas de soportar. El mundo no le pide a la gente que escriba poemas, novelas, ni libros de Historia; no los necesita. No le importa en lo más mínimo que Flaubert encuentre o no la palabra exacta ni que Carlyle verifique escrupulosamente tal o cual hecho. Obviamente, no pagará por lo que no quiere. Y de esta manera, el escritor –Keats, Flaubert, Carlyle– padece, especialmente durante los creativos años de la juventud, toda clase de perturbaciones y desalientos. Una maldición, un grito de agonía sube de estos libros de autoanálisis y confesión. "Grandes poetas muertos en su tormento": este es el peso que lleva su canción. Si algo sale al mundo a pesar de todo, es un milagro y probablemente ni un solo libro nazca entero y sin deformidades, tal como fue creado.

Sin embargo, para la mujer, pensé mirando los estantes vacíos, estos obstáculos eran infinitamente más terribles. En principio, tener una habitación propia, ni pensemos en una habitación tranquila y a prueba de sonido, era algo impensable incluso a principios del siglo diecinueve, a menos que los padres de la mujer fueran excepcionalmente ricos o muy nobles. Ya que su dinero extra, que dependía de la buena voluntad de su padre, solo le alcanzaba para vestirse, estaba privada de pequeños alicientes al alcance hasta de hombres pobres como Keats, Tennyson o Carlyle: una caminata, un viajecito a Francia o un alojamiento independiente que, por pobre que fuera, la protegería de las pretensiones y tiranías de su familia. Estas dificultades materiales resultaban enormes; peores incluso eran las inmateriales. La indiferencia del mundo, que Keats, Flaubert y otros han encontrado tan difíciles de soportar, en el caso de la mujer no era indiferencia, sino hostilidad. El mundo no le decía a ella como les decía a ellos: "Escribe si quieres; a mí no me importa". El mundo le decía burlándose: "¿Escribir? ¿Para qué quieres tú escribir?". En este asunto las estudiantes de psicología de Newham y Girton podrían ayudarnos, pensé mirando otra vez los estantes vacíos. Porque, indudablemente, ya es tiempo de que alguien estudie el efecto del desaliento sobre la mente del artista, del mismo modo que he visto una compañía de productos lácteos estudiar el efecto de la leche corriente y de la leche de grado A sobre el cuerpo de la rata. Pusieron dos ratas juntas en una jaula y de las dos, una era furtiva, tímida y pequeña, y la otra lustrosa, resuelta y grande. Entonces, ¿con qué alimentamos a las mujeres artistas?, pregunté, acordándome, me imagino, de aquella cena a base de ciruelas pasas y flan. Para responder esta pregunta me bastó abrir el diario de la noche y leer que Lord Birkenhead opina que... Pero, bien mirado, no me voy a tomar la molestia de copiar lo que opina Lord Birkenhead sobre lo que escriben las mujeres. Lo que dice el Deán Inge lo voy a dejar de lado. El especialista de Harley Street[10] puede despertar si quiere los ecos de Harley Street con sus vociferaciones, no moverá un solo pelo de mi cabeza. Pero citaré, a Mr. Oscar Browning, porque Mr. Oscar Browning fue en algún momento una gran autoridad en Cambridge y solía examinar a las estudiantes de Girton y Newham. Mr. Oscar Browning dijo, aparentemente, que "la impresión que le quedaba en la mente tras corregir cualquier clase de exámenes era que, dejando de lado las notas que pudiera poner, la mujer más dotada era intelectualmente inferior al hombre menos dotado". Después de decir esto, Mr. Browning volvió a sus habitaciones y –lo que sigue es lo que lleva a tomarle cariño y lo convierte en una personalidad humana de cierta categoría y majestad– volvió, digo, a sus habitaciones y encontró a un mozo de establo acostado en su sofá: "un puro esqueleto; sus mejillas eran cavernosas y de color enfermizo, sus dientes negros y no parecía poder valerse de sus miembros… Es Arturo –dijo Mr. Browning–, un chico verdaderamente encantador y muy inteligente". Siempre pienso que estos dos cuadros se completan. Y, por suerte, en esta época de biografías, los dos cuadros se completan con frecuencia, efectivamente, y es posible interpretar las opiniones de los grandes hombres basándonos no solo en lo que dicen, sino también en lo que hacen.

---

10 Harley Street: calle londinense donde tienen su consultorio numerosos médicos especialistas de fama.

Pero, si bien esto es posible ahora, tales opiniones salidas de los labios de gente importante cincuenta años atrás debieron sonar terribles. Vamos a suponer que un padre, por los mejores motivos, no deseara que su hija se fuera de su casa para ser escritora, pintora o dedicarse al estudio. "Mira lo que dice Mr. Oscar Browning", hubiera dicho; y Mr. Oscar Browning no era el único; estaba la *Saturday Review*; estaba Mr. Greg: "la esencia de la mujer —dice Mr. Greg con énfasis— es que la mantiene el hombre y ella le sirve". Eran muchísimos los hombres que opinaban que, intelectualmente, nada podía esperarse de las mujeres. Y aunque su padre no le leyera en voz alta estas opiniones, cualquier chica podía leerlas por sí misma; y esta lectura, todavía en el siglo diecinueve, seguramente restringió su vitalidad y tuvo un profundo efecto sobre su trabajo. Siempre oiría esta afirmación: "No puedes hacer esto, eres incapaz de aquello", contra la que tenía que protestar o debía refutar. Posiblemente este germen no tiene ya mucho efecto en una novelista, porque ha habido mujeres novelistas de mérito. Pero, sin dudas, para las pintoras sigue teniendo cierta fuerza; y para las compositoras, me imagino, todavía hoy día debe estar activo y venenoso en extremo. La compositora se encuentra en la situación de la actriz en la época de Shakespeare. Nick Greene, pensé mientras recordaba la historia que había inventado sobre la hermana de Shakespeare, dijo que una mujer que actuaba lo hacía pensar en un perro que bailaba. Johnson repitió esta frase doscientos años más tarde para referirse a las mujeres que predicaban. Y tenemos aquí, dije, abriendo un libro sobre música, las exactas palabras usadas de nuevo en este año de gracia de 1928, aplicadas a las mujeres que tratan de escribir música. "Acerca de Mlle. Germaine Tailleferre, sólo se puede citar la frase del Dr. Johnson acerca de las predicadoras, trasladándola a términos musicales. Señor, una mujer que compone es como un perro que anda sobre sus patas traseras. No lo hace bien, pero ya resulta sorprendente que pueda hacerlo". Con semejante precisión se repite la historia.

Así, entonces, concluí cerrando la biografía de Mr. Oscar Browning y corriendo a un lado los demás libros, está bien claro que ni durante el siglo diecinueve se alentaba a las mujeres a ser artistas. Por el contrario, se las despreciaba, insultaba, sermoneaba y exhortaba. La necesidad de enfrentar esto, de refutar lo otro, debe haber tensionado su mente y debilitado su vitalidad. Porque aquí volvemos a acercarnos a este interesante y oscuro complejo masculino que ha influido tanto sobre el movimiento feminista; este deseo profundamente arraigado en el hombre no tanto de que ella sea inferior, sino sobre todo ser él superior, este complejo que no solamente lo posiciona, mire uno por donde mire, a la cabeza de las artes, sino que irrumpe también en el camino de la política, incluso cuando el riesgo que corre es infinitesimal y la suplicante humilde y fiel. Hasta Lady Bessborough, recordé, pese a su gran pasión por la política, debe inclinarse humildemente y escribir a Lady Granville Leveson-Gower: "... pese a toda mi violencia en asuntos políticos y a lo mucho que converso sobre este tema, estoy perfectamente de acuerdo con usted en que no corresponde a una mujer meterse en esto o en cualquier otro asunto serio, salvo para dar su opinión (si se la piden)". Y ella puede gastar su entusiasmo en un terreno donde no tropieza con ningún obstáculo, el tema importantísimo del primer discurso de Lord Granville en la Cámara de los Comunes. Es un espectáculo realmente extraño, pensé. La historia de la oposición de los hombres a la emancipación de las mujeres es más interesante quizá que la historia de la emancipación misma. Un libro muy divertido podría escribirse si alguna estudiante de Girton o Newham reuniera ejemplos y dedujera una teoría; pero necesitaría gruesos guantes para cubrir sus manos y barras de oro sólido para protegerse. Sin embargo, lo que hoy nos divierte, pensé cerrando el libro de Lady Bessborough, en un tiempo tuvo que tomarse desesperadamente en serio. Opiniones que ahora uno pega en un cuaderno titulado "kikirikú" y guarda para leerlas a selectos auditorios una noche de verano, un día generaron lágrimas, se los aseguro. Muchas de sus abuelas, de sus bisabuelas, lloraron hasta cansarse. Florence Nightingale gritó de angustia. Además, a ustedes les cuesta poco, que lograron ir a la Universidad y tienen salas particulares —¿o son solo salitas-dormitorio?—, decir que el genio no debe considerar esta clase de opiniones; que el genio debe estar por encima de lo que dicen de él. Lamentablemente, es justamente a los hombres y las mujeres geniales a quienes más pesa lo que dicen de ellos. Piensen en Keats. Piensen en las palabras que hizo tallar en su tumba. Piensen en Tennyson. Piensen… No necesito multiplicar los ejemplos del innegable hecho, por desafortunado que sea, de que por naturaleza al artista le importa desmedidamente lo que dicen de él. Siembran la literatura los naufragios de hombres a quienes les importaron más de lo aconsejable las opiniones de los demás. Y esta susceptibilidad del artista es desafortunada doblemente, pensé, regresando a mi pregunta inicial sobre el estado mental más adecuado al trabajo creador, porque la mente del artista, para lograr llevar a cabo el esfuerzo prodigioso de liberar entera e intacta la obra que se halla en ella, debe ser incandescente, como la mente de Shakespeare, pensé, mirando el libro que estaba abierto en *Antonio y Cleopatra*. No debe haber obstáculos en ella, ningún cuerpo extraño sin consumir. Porque aunque digamos que no sabemos nada del estado mental de Shakespeare, por el solo hecho de decirlo ya decimos algo del estado mental de Shakespeare. La razón por la que sabemos tan poco de Shakespeare —comparado con Donne, Ben Jonson o Milton— es porque nos oculta sus rencores, sus hostilidades, sus antipatías. No nos detiene ninguna "revelación" que nos recuerde al escritor. Todo deseo de protestar, predicar, pregonar un insulto, saldar una cuenta, convertir al mundo en testigo de una dificultad o una queja, todo esto se ha encendido en su mente y se ha consumido. Entonces, su poesía fluye de él libremente, sin obstáculos. Si algún ser humano ha logrado dar expresión completa a su obra, ese ha sido Shakespeare. Si ha habido alguna vez una mente incandescente, que no conociera los obstáculos, pensé, mirando de nuevo los estantes, ha sido la mente de Shakespeare.

Cuatro

Encontrar a una mujer en este estado mental en el siglo dieciséis era evidentemente imposible. Basta pensar en las tumbas isabelinas, con todos esos niños arrodillados con las manos juntas, y en sus muertes prematuras, y ver sus viviendas con habitaciones oscuras y pequeñas para entender que ninguna mujer hubiera podido escribir poesía en aquellos días. Pero sí se podía esperar que algo más tarde, alguna gran dama aprovechara su relativa libertad y confort para publicar algo en su nombre, corriendo el riesgo de que la vieran como un monstruo. Los hombres, por supuesto, no son esnobs, continué, para evitar el "auténtico feminismo" de Miss Rebecca West, pero suelen recibir con simpatía los intentos poéticos de una condesa. Se supone que una dama con título se vería más animada de lo que se hubiera visto en aquella época una Miss Austen o una Miss Brontë, desconocidas por todos. Sin embargo, también podemos suponer que debieron perturbar su mente emociones poco apropiadas como el miedo o el odio y que algunas huellas de estas perturbaciones deben estar presentes en sus poemas. Aquí tenemos a Lady Winchilsea, pensé, por ejemplo, agarrando su libro de poemas. Nació en el año 1661; era noble tanto de cuna como por su matrimonio; no tuvo hijos; escribió poesía y alcanza abrir el libro de sus poemas para verla hervir de indignación acerca del lugar de las mujeres.

> *How are we fallen! fallen by mistaken rules,*
> *And Education's more than Nature's fools;*
> *Debarred from all improvements of the mind,*
> *And to be dull expected and designed;*
> *And if someone would soar above the rest,*
> *With warmer fancy, and ambition pressed,*
> *So strong the opposing faction still appears,*
> *The hopes to thrive can ne'er outweigh the fears.*[11]

Obviamente, su mente dista de "haber superado todos los obstáculos y haberse vuelto incandescente". Por el contrario, toda clase de odios y motivos de protesta la hostigan y la perturban. Ve a la humanidad dividida en dos bandos. Los hombres son la "facción de la oposición"; detesta a los hombres y les tiene

---

11 ¡Qué bajo hemos caído!, caído por reglas injustas, necias por Educación más que por Naturaleza; privadas de todos los progresos de la mente; se espera que carezcamos de interés, a ello se nos destina; y si una sobresale de las demás, con fantasía más cálida y por la ambición empujada, tan fuerte sigue siendo la facción de la oposición que las esperanzas de éxito nunca superan los temores.

miedo porque tienen el poder de impedirle hacer lo que quiere, que es escribir.

> *Alas! a woman that attempts the pen,*
> *Such a presumptuous creature is esteemed,*
> *The fault can by no virtue be redeemed.*
> *They tell us we mistake our sex and way;*
> *Good breeding, fashion, dancing, dressing, play,*
> *Are the accomplishments we should desire;*
> *To write, or read, or think, or to inquire,*
> *Would cloud our beauty, and exhaust our time,*
> *And interrupt the conquests of our prime,*
> *Whilst the dull manage oaf servile house*
> *Is held by some our utmost art and use.*[12]

Debe animarse a escribir asumiendo que lo que escribe nunca se publicará, tranquilizar su espíritu con el triste canto:

> *To some few friends, and to thy sorrows sing,*
> *For groves of laurel thou wert never meant;*

---

12 Ay, a la mujer que prueba la pluma se la considera una criatura tan presuntuosa que ninguna virtud puede redimir su falta. Nos equivocamos de sexo, nos dicen, de modo de ser; la urbanidad, la moda, la danza, el bien vestir, los juegos son las realizaciones que nos deben gustar; escribir, leer, pensar o estudiar nublarían nuestra belleza, nos harían perder el tiempo e interrumpir las conquistas de nuestro apogeo, mientras que la aburrida administración de una casa con criados algunos la consideran nuestro máximo arte y uso.

Be dark enough thy shades, and be thou there content.[13]

Y, sin embargo, si hubiese podido liberar su mente del odio y del miedo y no se hubiesen acumulado en ella la amargura y el resentimiento, es evidente que el fuego ardería con calor dentro de ella. De vez en cuando brotan palabras de pura poesía:

Nor will in fading silks compose,
Faintly the inimitable rose.[14]

Mr. Murry las honra con razón y Pope, se cree, recordó y se apropió de estas otras:

Now the jonquille o'ercomes the feeble brain;
We faint beneath the aromatic pain.[15]

Es una enorme pena que una mujer capaz de escribir así, con una mente que la naturaleza hacía vibrar y presta a la reflexión, se viera empujada a la bronca y la amargura. Pero, ¿hubiera podido evitarlo?, me pregunté, imaginando las burlas y las risas, las alabanzas de los aduladores, el escepticismo del poeta profesional. Seguramente se haya encerrado en una

---

13 Canta para algunos amigos y para tus penas, no has sido destinada a los arbustos de laurel; sean oscuras tus sombras y vive feliz en ellas.

14 Y no compondré con sedas descoloridas, pálidamente, la rosa inimitable.

15 Ahora el junquillo vence el débil cerebro; nos desmayamos bajo el aromático dolor.

habitación en el campo para escribir, desgarrada por la amargura y los escrúpulos, pese a que su marido era la bondad en persona y su vida matrimonial perfecta. Digo "seguramente", pues encontrar datos sobre Lady Winchilsea, es, como de costumbre, no lograr saber casi nada de ella. Padeció una melancolía terrible, cosa que podemos explicarnos al menos en parte, cuando nos cuenta cómo, presa de sí misma, imaginaba:

> *My lines decried, and my employment thought*
> *An useless folly or presumptuous fault.*[16]

Esta tarea que la gente censuraba no parece haber sido más que la actividad inofensiva de andar por los campos y soñar:

> *My hand delights to trace unusual things,*
> *And deviates from the known and common way,*
>
> *Nor will in fading silks compose,*
> *Faintly the inimitable rose.*[17]

Por supuesto que si era su costumbre y eso la hacía feliz, solo podía esperar que se burlaran de ella; y, efectivamente, Pope o Gay parecen haberla satirizado cuando la llamaron "una

---

16 Mis versos desacreditados y mi ocupación considerada una locura inútil o una presunción culpable.

17 Mi mano se deleita en trazar cosas inusuales y se aparta del camino conocido y común y no compondré con sedas descoloridas, pálidamente, la rosa inimitable.

sabionda con la manía de garabatear". Aparentemente, ella había ofendido a Gay burlándose de él. Su *Trivia*, dijo, evidenciaba que era "más apto a andar delante de una silla de manos que a viajar en una". Aunque todos estos no son más que "chismes dudosos" y, según Mr. Murry, "sin ningún interés". Sin embargo, en lo segundo no estoy de acuerdo con él, porque a mí me hubiera gustado poder leer todavía más chismes dudosos para hacerme una imagen de esta dama melancólica que se deleitaba paseando por los campos y pensando en cosas poco comunes y que de modo tan terminante e insensato despreció "la aburrida administración de una casa con sirvientes". Pero no supo concentrarse, dice Mr. Murry. Su talento fue invadido por las malas hierbas y lo rodearon los rosales silvestres. No tuvo oportunidad de manifestarse como el talento notable, distinguido que era. Y así, devolviendo su libro al estante, fui hacia aquella otra dama, la duquesa que amó Lamb, la vivaz, caprichosa Margaret de Newcastle, mayor que ella, pero de su tiempo. Eran muy diferentes, pero hay entre ellas puntos de contacto: las dos eran nobles, ninguna tuvo hijos y las dos tenían buenos maridos. En ambas vivió la misma pasión por la poesía y todo lo que escribieron está deformado y desfigurado por las mismas causas. Abran el libro de la duquesa y encontrarán la misma explosión de ira: "Las mujeres viven como Murciélagos o Búhos, trabajan como Bestias y mueren como Gusanos...". También Margaret hubiera podido ser una poetisa; en nuestros tiempos toda aquella actividad podría haber hecho girar alguna rueda. Así como era, ¿qué hubiera podido forzar, amaestrar, o civilizar para uso humano aquella inteligencia indómita, generosa, sin guía? Brotó desordenadamente, en torrentes de rima y prosa, de poesía y filosofía, hoy congelados en cuartillas y folios que nadie lee. Hubieran tenido que ponerle un microscopio en la mano. Hubieran tenido que enseñarle a mirar las estrellas y a razonar científicamente. La soledad y la libertad le hicieron perder la razón. Nadie la acompañó. Nadie la instruyó. Los profesores la adulaban. En la Corte se burlaban de ella. Sir Egerton Brydges protestaba sobre su rudeza, "impropia de una hembra de alto rango educada en la Corte". Se encerró sola en Welbeck.

¡Qué mirada de soledad y disturbio ofrece el pensamiento de Margaret Cavendish! Es como si un enorme pepino hubiera invadido las rosas y los claveles del jardín y los hubiera ahogado. Es una lástima que la mujer que escribió: "Las mujeres mejor educadas son aquellas cuya mente es más refinada" perdiera su tiempo garabateando tonterías y hundiéndose cada vez más en la oscuridad y la locura, a punto tal que la gente rodeaba su carroza cuando salía. Naturalmente, la loca duquesa se convirtió en el cuco con que se asustaba a las chicas inteligentes. Por ejemplo, recordé, poniendo nuevamente a la duquesa en el estante y abriendo las cartas de Dorothy Osborne, aquí estaba Dorothy escribiendo a Temple sobre un libro nuevo de la duquesa. "No hay dudas de que la pobre mujer está un poco trastornada, si no, no caería en la ridiculez de lanzarse a escribir libros, y en verso además. Aunque me pasara semanas sin dormir no llegaría yo a hacer tal cosa".

Y de esta manera, dado que las mujeres sensatas y modestas no podían escribir libros, Dorothy, que era sensible y nostálgica, el lado opuesto de la duquesa en temperamento, no escribió nada. Las cartas no contaban. Una mujer podía escribir cartas sentada al lado de su padre enfermo. Podía escribirlas junto al fuego mientras los hombres charlaban sin molestarlos. Lo raro, pensé hojeando las cartas de Dorothy, es el talento que tenía esta joven inculta y solitaria para componer frases, evocar escenas. Escúchenla: "Después de comer nos sentamos y conversamos hasta que se toca el tema de Mr. B y entonces me voy. Las horas de calor las paso leyendo o trabajando, y a las seis o las siete salgo a pasear por unos prados que hay junto a la casa y donde muchas jóvenes que guardan corderos y vacas se sientan a la sombra a cantar baladas. Me acerco y comparo su voz y su belleza con las de las antiguas pastoras sobre las que he leído y veo una gran diferencia, pero creo sinceramente que estas son tan inocentes como pudieron ser aquellas. Hablo con ellas y me entero de que para ser las muchachas más felices del mundo solo necesitan saber que lo son. Con frecuencia, mientras conversamos, una de ellas mira a su alrededor y ve que sus vacas se meten en el campo de trigo y todas ellas empiezan a correr como si tuvieran alas en los talones. Yo, que no soy tan veloz, me quedo atrás y cuando las veo llevar su ganado a casa, pienso que va siendo hora de irme también. Después de cenar me voy al jardín o a la orilla de un riachuelo que pasa cerca y allí me siento y deseo que estés conmigo…".

Puedo jurar que había en ella tela de escritora. Pero "aunque se pasara dos semanas sin dormir no llegaría ella a hacer tal cosa". Que una mujer con mucho talento para la pluma hubiera llegado a convencerse de que escribir un libro era una ridiculez y hasta una señal de perturbación mental, permite medir la oposición que flotaba en el aire a la idea de que una mujer escribiera. Y así llegamos, continué, volviendo a poner en el estante las cartas de Dorothy Osborne, a Aphra Behn.

Y con Mrs. Behn doblamos una curva muy importante del camino. Dejamos atrás, atrapadas en sus parques, entre sus cuartillas, a estas grandes damas solitarias que escribieron sin público ni crítica, para su propio placer. Llegamos a la ciudad y nos perdemos en las calles entre la gente común. Mrs. Behn era una mujer de la clase media con todas las cualidades plebeyas de humor, vitalidad y valor, una mujer obligada por la muerte de su marido y algunas adversidades personales a ganarse la vida con su ingenio. Tuvo que trabajar de igual a igual con los hombres. Consiguió, trabajando mucho, ganar suficiente para vivir. Este hecho supera en importancia cuanto escribió, hasta su espléndido "Mil mártires he hecho" o "Sentado estaba el amor en fantástico triunfo", porque de allí data la libertad de la mente, o mejor dicho, la posibilidad de que, con el tiempo, la mente llegue a ser libre de escribir lo que quiera. Porque ahora que Aphra Behn lo había hecho, las jóvenes podían ir y decir a sus padres: "No tiene que darme dinero, puedo ganarlo con mi pluma". Naturalmente, durante años, la respuesta fue: "Sí, claro, llevando la vida de Aphra Behn. ¡Mejor la muerte!". Y la puerta se cerraba más rápido que nunca. Este tema de interés profundo, el valor que le dan los hombres a la castidad femenina y su efecto sobre la educación de las mujeres, invita a la discusión y sin duda podría ser la base de un interesante libro si a alguna estudiante de Girton o Newham le interesara la empresa. Lady Dudley, sentada cubierta de diamantes entre los mosquitos de un páramo escocés, podría figurar en la portada. Lord Dudley, dijo *The Times* el otro día cuando murió Lady Dudley, "hombre de gustos refinados y realizador de importantes obras, era benevolente y generoso, pero caprichosamente despótico. Insistía en que su mujer vistiera siempre traje largo, hasta en el pabellón de caza más escondido de los Highlands; la cubrió de hermosas joyas", etcétera, "le dio cuanto quiso, salvo el menor grado de responsabilidad". Luego Lord Dudley tuvo un ataque y ella lo cuidó y de ahí en adelante se encargó de administrar sus propiedades con suprema competencia.

Pero volvamos a lo que nos ocupa. Aphra Behn probó que era posible ganar dinero escribiendo, mediante el sacrificio quizá de algunas encantadoras cualidades; y así, de a poco, escribir dejó de ser señal de locura y perturbación mental y cobró importancia práctica. Podía morirse el marido o algún desastre podía aquejar a la familia. Al avanzar el siglo dieciocho, cientos de mujeres se pusieron a aumentar sus alfileres o a ayudar a sus familias en apuros haciendo traducciones o escribiendo innumerables novelas malas que no han llegado siquiera a incluirse en los libros de texto, pero que todavía pueden encontrarse en los puestos de libros de saldo de Charing Cross Road. La gran actividad mental que se produjo entre las mujeres a fines del siglo dieciocho —las charlas y reuniones, los ensayos sobre Shakespeare, la traducción de los clásicos— se fundamentaba en el sólido hecho de que las mujeres podían ganar dinero escribiendo. El dinero dignifica lo que es frívolo si no es pago. Quizá seguía estando de moda burlarse de las "sabiondas con la manía de garabatear", pero no podía negarse que podían poner dinero en su monedero. Así, entonces, a fines del siglo dieciocho se produjo un cambio que yo, si volviera a escribir la Historia, trataría más extensamente y consideraría más importante que las Cruzadas o las Guerras de las Rosas.

La mujer de la clase media empezó a escribir. Porque si *Orgullo y prejuicio* tiene alguna importancia, si *Middlemarch* y *Cumbres borrascosas* tienen alguna importancia, entonces tiene más importancia de lo que es posible probar en un discurso de una hora el hecho de que las mujeres en general, no solo la solitaria aristócrata encerrada en su casa de campo, se pusieran a escribir. Sin estas pioneras, ni Jane Austen, ni las Brontë, ni George Eliot hubieran podido escribir, del mismo modo que Shakespeare no hubiera podido escribir sin Marlowe, ni Marlowe sin Chaucer, ni Chaucer sin aquellos olvidados poetas que pavimentaron el camino y domesticaron el salvajismo natural de la lengua. Porque las obras de arte no provienen de nacimientos individuales y solitarios; son el resultado de muchos años de pensamiento común, de pensar junto a otros, porque es la experiencia colectiva la que habla a través de la voz individual. Jane Austen tendría que haber puesto una corona sobre la tumba de Fanny Burney, y George Eliot rendir honores a la firme sombra de Eliza Carter, la valiente anciana que ató una campana a la cabecera de su cama para poder madrugar y estudiar griego. Todas las mujeres juntas deberían colocar flores sobre la tumba de Aphra Behn, que se encuentra, desvergonzada pero justamente, en Westminster Abbey, porque fue ella quien conquistó para ellas el derecho de decir lo que quisieran. Es gracias a ella —pese a su fama polémica y su inclinación al amor— que no resulta del todo absurdo que yo les diga esta tarde: "Ganen quinientas libras al año con su inteligencia".

Llegamos entonces a los comienzos del siglo diecinueve. Y por primera vez encontré estantes enteros de libros escritos por mujeres. Pero no pude dejar de preguntarme recorriéndolos con los ojos: ¿por qué eran todos, excepto muy pocas excepciones, novelas? El impulso original era hacia la poesía. El "jefe supremo de la canción" era una poetisa. En Francia tanto como en Inglaterra las poetisas preceden a las novelistas. Además, pensé, mirando los cuatro nombres famosos, ¿qué tenía George Eliot en común con Emily Brontë? ¿No sabemos, acaso, que Charlotte Brontë no entendió para nada a Jane Austen? Excepto por el hecho, significativo, claro, de que ninguna de ellas tuvo hijos, no hubieran podido sentarse en una habitación cuatro personajes más incompatibles, hasta tal punto que dan ganas de inventar una reunión y un diálogo entre ellas. Sin embargo, alguna extraña fuerza las lanzó a todas, cuando escribieron, a escribir novelas. ¿Esto tenía algo que ver con ser de clase media, me pregunté, y con el hecho, que Miss Davies iba a demostrar tan brillantemente un poco más tarde, de que a principios del siglo diecinueve las familias de clase media no tenían más que una sola sala de estar, común a todos los miembros de la familia? Una mujer que escribía tenía que hacerlo en la sala de estar común. Y, como lamentó con tanta vehemencia Miss Nightingale, "las mujeres nunca disponían de media hora… que pudieran llamar suya". Las interrumpían constantemente. De todos modos, debió ser más fácil escribir prosa o novelas en esas condiciones que poemas o una obra de teatro. Requiere menos concentración. Jane Austen escribió de esta manera hasta el final de sus días. "Que pudiera realizar todo esto —escribe su sobrino en sus memorias— es sorprendente, pues no contaba con un cuarto propio donde retirarse y la mayor parte de su trabajo debió hacerlo en la sala de estar común, expuesta a toda clase de interrupciones. Siempre tuvo buen cuidado de que no sospecharan sus ocupaciones los criados, ni las visitas, ni nadie ajeno a su círculo familiar".

Jane Austen escondía sus manuscritos o los cubría con un secante. Por otro lado, toda la formación literaria que tenía una mujer a principios del siglo diecinueve era práctica en la observación del carácter y el análisis de las emociones. Habían educado su sensibilidad, durante siglos, las influencias de la sala de estar. Los sentimientos de las personas se grababan en su mente, las relaciones siempre estaban frente a ella. Por lo tanto, cuando la mujer de clase media se puso a escribir, por supuesto que escribió novelas, aunque, según se ve con facilidad, dos de las cuatro mujeres famosas que nombramos no eran por naturaleza novelistas. Emily Brontë tendría que haber escrito teatro poético y el resto de energía de la fecunda mente de George Eliot tendría que haberse dedicado, una vez gastado el impulso creador, en obras históricas o biográficas. Sin embargo, estas cuatro mujeres escribieron novelas; podríamos ir más lejos incluso, dije, tomando del estante *Orgullo y prejuicio*, y afirmar que escribieron buenas novelas. Sin alardear ni intentar herir al sexo opuesto, puede decirse que *Orgullo y prejuicio* es un buen libro. En todo caso, a nadie hubiera avergonzado que lo sorprendieran escribiendo *Orgullo y prejuicio*. Sin embargo, Jane Austen esperaba que chirriara la bisagra de la puerta para poder esconder su manuscrito antes de que alguien entrara. A la mirada de Jane Austen había algo vergonzoso en el hecho de escribir *Orgullo y prejuicio*. Y, me pregunto, ¿hubiera sido *Orgullo y prejuicio* una mejor novela si a Jane Austen no le hubiera parecido necesario esconder sus escritos para que no los vieran las visitas? Leí una página o dos para ver, pero no pude encontrar alguna señal de que las circunstancias en que escribió el libro hubieran afectado de alguna manera su trabajo. Quizás este sea el mayor milagro de todos. Había, alrededor del año 1880, una mujer que escribía sin odio, sin amargura, sin temor, sin protestas, sin sermones. Así es como escribió Shakespeare, pensé, mirando *Antonio y Cleopatra*; y cuando la gente compara a Shakespeare y a Jane Austen, probablemente quiere decir que las mentes de ambos habían superado todos los impedimentos; y por esta razón no conocemos a Jane Austen ni conocemos a Shakespeare, y por esta razón Jane Austen está presente en cada palabra que escribe y Shakespeare también. Si Jane Austen sufrió de alguna manera por las circunstancias, fue por la estrechez de la vida que le impusieron. Una mujer no podía en aquel momento ir sola por la calle. Nunca viajó; nunca cruzó Londres en ómnibus ni almorzó sola en una tienda. Sin embargo, probablemente por su carácter, Jane Austen no deseaba lo que no tenía. Su talento y su modo de vida se adaptaron perfectamente. Pero dudo de que este fuera el caso de Charlotte Brontë, dije abriendo *Jane Eyre* poniéndolo al lado de *Orgullo y prejuicio*.

Lo abrí en el capítulo doce y mi mirada se detuvo sobre la frase: "Quien quiera censurarme que lo haga". ¿Qué le recriminaban a Charlotte Brontë?, me pregunté. Y leí que *Jane Eyre* solía subir al tejado cuando Mrs. Fairfax estaba haciendo jaleas y miraba por sobre los campos hacia tierras lejanas. Y entonces suspiraba —y esto es lo que le recriminaban—.

Por tener una vista que sobrepasara aquellos límites; que alcanzara el mundo activo, las ciudades, las zonas llenas de vida de las que había escuchado hablar, pero que nunca había visto; deseaba más experiencia práctica de la que tenía; más contacto con la gente de mi tipo, trato con una variedad de caracteres diversos de la que se hallaba allí a mi alcance. Valoraba lo que había de bueno en Mrs. Fairfax y lo que había de bueno en Adela, pero creía en la existencia de formas distintas y más vívidas de bondad y deseaba tener aquello en lo que creía.

¿Quién me culpa? Muchos, no cabe duda, y me llamarán infeliz. No podía evitarlo: la inquietud formaba parte de mi carácter; me estremecía a veces hasta el dolor...

Es inútil decir que los humanos deberían sentirse satisfechos con la quietud: necesitan acción; y si no la encuentran, la inventan. Son millones los que se encuentran condenados a un destino más calmo que el mío y millones los que se rebelan en silencio contra su suerte. Quién sabe cuántas rebeliones fermentan en las aglomeraciones humanas que pueblan la tierra. Se da por descontado que generalmente las mujeres son muy tranquilas; sin embargo, las mujeres sienten lo mismo que los hombres; necesitan ejercitar sus facultades y disponer de terreno para sus esfuerzos al igual que sus hermanos; sufren las restricciones demasiado rígidas, sufren un estancamiento tan absoluto, exactamente igual que en las mismas circunstancias sufrirían los hombres. Y muestra una mirada estrecha por parte de sus semejantes más privilegiados el decir que deberían limitarse a hacer postres y hacer calcetines, a tocar el piano y bordar bolsos. Es necio condenarlas o burlarse de ellas cuando intentan hacer algo más o aprender más cosas de las que la costumbre ha declarado necesarias para su sexo.

Cuando me encontraba así sola, más de una vez oía la risa de Grace Poole...

Esa fue una interrupción un poco brusca, pensé. Es molesto tropezar de pronto con Grace Poole. Molesta la continuidad. Se diría, continué, colocando el libro junto a *Orgullo y prejuicio*, que la mujer que escribió estas páginas era más genial que Jane Austen, pero si uno las lee con cuidado, observando estos sobresaltos, esta indignación, comprende que el genio de esta mujer nunca logrará expresarse completo e intacto. En sus libros habrá deformaciones, desviaciones. Escribirá con furia en lugar de escribir con calma. Escribirá inocentemente en lugar de escribir con sabiduría. Escribirá sobre sí misma en lugar de escribir sobre sus personajes. Está en guerra con su suerte. ¿Cómo hubiera podido evitar morir joven, frustrada y contrariada? Me entretuve un momento, no pude impedírmelo, con la idea de lo que hubiera ocurrido si Charlotte Brontë hubiese tenido, digamos, trescientas libras al año —pero la insensata vendió de una sola vez sus novelas por mil quinientas libras—, si hubiera tenido más conocimiento del mundo, y de las ciudades, y de las regiones llenas de vida, más experiencia práctica, si hubiera tenido contacto con gente de su tipo y tratado a una variedad de caracteres. Con estas palabras muestra ella misma no solo, precisamente, sus propios errores como novelista, sino los de su sexo en aquella época. Sabía mejor que nadie cuánto se hubiese beneficiado su genio si no lo hubiese desperdiciado en contemplaciones solitarias de tierras lejanas; si le hubieran sido dados la experiencia, el contacto con el mundo y los viajes. Pero no le fueron dados, le fueron negados; y debemos aceptar el hecho de que estas buenas novelas, *Villette*, *Emma*, *Cumbres borrascosas*, *Middlemarch*, las escribieron mujeres sin más experiencia en la vida de la que podía haber en la casa de un respetable clérigo; que las escribieron además en la sala de estar común de esta respetable casa y que estas mujeres eran tan pobres que no podían comprar más que unas cuantas hojas de papel a la vez para escribir *Cumbres borrascosas* o *Jane Eyre*.

Una de ellas, es verdad, George Eliot, escapó tras muchas tribulaciones, pero solo a una villa apartada de St. John's Wood. Y allí se instaló, a la sombra de la desaprobación del mundo. "Deseo que quede bien claro", escribió, "que nunca invitaré a venir a verme a nadie que no me pida que lo invite"; porque, ¿no vivía acaso en el pecado con un hombre casado y verla no hubiera arruinado la castidad de Mrs. Smith o de cualquiera a quien se le hubiera ocurrido ir a visitarla? Una debía someterse a las convenciones sociales y "apartarse de lo que se suele llamar el mundo". Al mismo tiempo, en la otra punta de Europa, un joven vivía libremente con esta gitana o aquella gran dama, iba a la guerra, obtenía sin impedimentos ni críticas toda esta variada experiencia de la vida humana que tan maravillosamente debía servirle más tarde, cuando se pusiera a escribir sus libros. Si Tolstoi hubiese vivido encerrado en The Priory con una dama casada, "apartado de lo que se suele llamar el mundo", por edificante que hubiera sido la lección moral, pensé, difícilmente hubiera podido escribir *Guerra y paz*.

Pero, probablemente podríamos ir un poco más profundo en la cuestión de escribir novelas y del efecto del sexo sobre el novelista. Si cerramos los ojos y pensamos en la novela en conjunto, se nos aparece una visión de la vida en un espejo, aunque, por supuesto, con innumerables simplificaciones y deformaciones. En todo caso, es una estructura que imprime una forma en el ojo de la mente, una forma construida, o con cuadrados, o en forma de pagoda, o con alas y arcos, o sólidamente compacta y con un domo como la catedral de Santa Sofía de Constantinopla. Esta forma, pensé, recordando algunas famosas novelas, provoca en nosotros la clase de emoción que le es afín. Pero esta emoción rápidamente se funde con otras, porque la "forma" no se basa en la relación entre piedra y piedra, sino en la relación entre seres humanos. Una novela provoca entonces en nosotros una serie de emociones antagónicas y opuestas. La vida entra en conflicto con algo que no es la vida. De ahí la dificultad de llegar a algún acuerdo sobre las novelas y la influencia inmensa que nuestros prejuicios personales tienen sobre nosotros. Por un lado, sentimos que Tú –Juan, el héroe– debes vivir, o habré de caer en la desesperación más honda. Por otro lado sentimos que, pobre Juan, debes morir, pues la forma del libro lo requiere. La vida se encuentra en conflicto con algo que no es la vida. Por lo tanto, ya que en parte es la vida, como a la vida lo juzgamos. Jaime es el tipo de hombre que más odio, dice uno. O, esto es un caos absurdo, nunca podría yo mismo sentir algo parecido. Toda la estructura, evidentemente, si se piensa en las novelas famosas, es de una complejidad infinita, porque está hecha de muchos juicios, muchas clases distintas de emoción. Lo sorprendente es que un libro compuesto así resista en pie más de un año o dos, o le diga al lector inglés lo que le dice al lector ruso o chino. Sin embargo algunos resisten de modo notable. Y lo que los mantiene en pie, en estos raros casos de supervivencia (pensaba en *Guerra y paz*), es algo que llamamos integridad, aunque no tiene nada que ver con pagar las facturas o comportarse honorablemente en una emergencia. Lo que entendemos por integridad, en el caso de un novelista, es la convicción que experimentamos de que nos dice la verdad. Sí, piensa uno, nunca hubiera pensado que esto pudiera ser cierto, nunca he conocido a personas que se comportaran así, pero me ha convencido usted de que las hay, de que así es como suceden las cosas. Cuando leemos, ponemos cada frase, cada escena bajo la luz, porque la Naturaleza, cosa muy curiosa, parece habernos concedido una luz interior que nos permite juzgar la integridad o la falta de integridad del novelista. O, mejor dicho, quizá la Naturaleza, en su humor más irracional, ha trazado con tinta invisible en las paredes de la mente un presentimiento que estos grandes artistas confirman; un esbozo que basta acercar al fuego del genio para que se vuelva visible. Cuando lo acercamos al fuego y cobra vida, exclamamos llenos de éxtasis: "¡Pero si esto es lo que siempre he sentido, y sabido, y deseado!". Y uno hierve de entusiasmo y cerrando el libro con una especie de reverencia como si fuera algo muy preciado, un refugio al que podrá recurrir mientras viva, vuelve a ponerlo en el estante, dije, tomando *Guerra y paz* y volviendo a ponerlo en su sitio. Si, al contrario, estas pobres frases que escogemos y sometemos a la prueba generan primero una reacción rápida y ávida con su brillante colorido y sus gestos vivos, pero luego se detienen, como si algo frenara su desarrollo; o si lo único que vemos es un garabateo impreciso en un rincón y un borrón en otro y nada se muestra entero e intacto, suspiramos defraudados y decimos: otro fracaso. Esta novela falla en algún lugar.

Y la mayoría de las novelas, naturalmente, fallan en algún lugar. La imaginación duda bajo la enorme presión. La percepción se nubla; deja de distinguir entre lo verdadero y lo falso; no tiene fuerzas para proseguir la gran tarea que en todo momento exige el uso de tan distintas facultades. Pero, ¿de qué manera puede afectar todo esto el sexo del novelista?, me pregunté, mirando *Jane Eyre* y los demás libros. ¿Puede el sexo del novelista influir en su integridad, esta integridad que considero la columna vertebral del escritor? Ahora bien, en los fragmentos de *Jane Eyre* que he citado se evidencia claramente que el enojo empañaba la integridad de Charlotte Brontë novelista. Abandonó la historia, a la que debía toda su dedicación, para atender una queja personal. Recordó que la habían privado de la parte de experiencia que le correspondía, que la habían hecho estancarse en una parroquia remendando medias cuando ella hubiera querido andar libre por el mundo. La rabia la hizo desviar su imaginación y la sentimos desviarse. Pero muchas otras influencias aparte de la cólera tiraban de su imaginación y la alejaban de su sendero. La ignorancia, por ejemplo. El retrato de Rochester está trazado a ciegas. Sentimos en él la influencia del temor; del mismo modo que percibimos constantemente en la obra de Charlotte Brontë una acidez, resultado de la opresión, un sufrimiento enterrado que late bajo la pasión, un rencor que contrae aquellos libros, por espléndidos que sean, con un espasmo de dolor. Y puesto que las novelas tienen esta analogía con la vida real, sus valores son hasta cierto punto los de la vida real. Pero con mucha frecuencia los valores de las mujeres difieren de los que ha implantado el otro sexo; es natural que sea así. Sin embargo, son los valores masculinos los que prevalecen. Hablando crudamente, el fútbol y el deporte son "importantes"; la veneración de la moda, la compra de vestidos, "triviales". Y estos valores se transfieren inevitablemente de la vida real a la literatura. Este libro importa, el crítico da por descontado, porque trata de la guerra. Este otro es intrascendente porque trata sobre los sentimientos de mujeres sentadas en un salón. Una escena que transcurre en un campo de batalla es más importante que una que transcurre en una tienda. En todos los terrenos y con mucha más sutileza persiste la diferencia de valores. Por lo tanto, toda la estructura de las novelas de principios del siglo diecinueve escritas por mujeres la diseñó una mente alejada de la línea recta, una mente que tuvo que alterar la claridad de su mirada por cortesía hacia una autoridad externa. Alcanza con hojear aquellas viejas novelas olvidadas y escuchar el tono de voz en que están escritas para adivinar que el autor era objeto de críticas; decía algunas cosas con fines agresivos, otras con fines conciliadores. Admitía que era "solo una mujer" o se quejaba porque "valía tanto como un hombre". Acorde a su temperamento, reaccionaba ante la crítica con docilidad y modestia o con enojo y énfasis. No importa cuál fuera; estaba pensando en algo que no era la obra en sí. Desciende su libro sobre nuestras cabezas. En su centro hay un defecto. Y pensé en todas las novelas escritas por mujeres que se encontraban desparramadas, como manzanas picadas en un vergel, por las librerías de saldo londinenses. Las había podrido este defecto que tenían en el centro. Su autora había alterado sus valores por cortesía hacia una opinión ajena.

Debió resultarles imposible a las mujeres no oscilar hacia la derecha o la izquierda. Qué genio, qué integridad debieron haber necesitado, frente a tantas críticas, en medio de aquella sociedad enteramente patriarcal, para aferrarse, sin dejarse amedrentar, a las cosas tal como las veían. Solo lo hicieron Jane Austen y Emily Brontë. Esto añade una pluma, quizá la mejor, a su tocado. Escriben como escriben las mujeres, no como escriben los hombres. De las miles de mujeres que escribieron novelas en aquella época, solo ellas desoyeron completamente la permanente amonestación del pedagogo eterno —escribe esto, piensa lo otro—. Solo ellas fueron sordas a aquella persistente voz, por momentos quejosa, por momentos condescendiente, otros dominante, otros ofendida, otros chocada, otros furiosa, otros paternal, aquella voz que no puede dejar en paz a las mujeres, que tiene que meterse con ellas, como una institutriz muy escrupulosa, conminándolas, como Sir Egerton Brydges, a que sean refinadas, arrastrando en la crítica poética la crítica sexual, invitándolas, si quieren ser buenas y generosas y ganar, supongo, un reluciente premio, a no sobrepasar ciertos límites que al caballero en cuestión le parecían adecuados: "Las mujeres novelistas deberían solo aspirar a la excelencia reconociendo valientemente las limitaciones de su sexo". Esto resume el asunto, y si les digo ahora, lo que sin duda las sorprenderá, que esta frase no fue escrita en agosto de 1828 sino en agosto de 1928, estarán de acuerdo conmigo en que, por encantadora que ahora nos parezca, no deja de representar a un sector de la opinión —no voy a remover viejas aguas, me limito a recoger lo que ha venido flotando casualmente hasta mis pies– que era mucho más fuerte y resonante hace un siglo. En 1828 una joven hubiera tenido que ser muy valiente para desoír estos reproches, estos desprecios y estas promesas de premios. Hubiera tenido que ser algo rebelde para decirse a sí misma: Oh, pero no pueden comprar hasta la literatura. La literatura está abierta a todos. No te permitiré, por más bedel que seas, que me apartes del césped. Cierra con llave tus bibliotecas, si quieres, pero no hay barrera, cerradura, ni cerrojo que puedas imponer a la libertad de mi mente. Pero fuese cual fuese el efecto del desaliento y de la crítica sobre su obra –y seguramente debió ser muy grande–, resultaba poco importante frente a la otra dificultad con que tropezaban (sigo pensando en las novelistas de principios del siglo diecinueve) cuando se decidían a transcribir al papel sus pensamientos, la de que no tenían detrás ninguna tradición o una tradición tan corta y parcial que no les era de mucha ayuda. Porque, al ser mujeres, nuestro contacto con el pasado se hace a través de nuestras madres. Es inútil que acudamos a los grandes escritores varones buscando ayuda, por más que acudamos a ellos en busca de deleite. Lamb, Browne, Thackeray, Newman, Sterne, Dickens, De Quincey –cualquiera– hasta ahora no han ayudado nunca a una mujer, aunque es posible que le hayan enseñado algunos trucos que ella ha adoptado para su uso. El peso, el paso, la zancada de la mente masculina son muy distintos de los de la suya para que pueda obtener algo sólido de sus enseñanzas. El mono queda demasiado lejos para que resulte de alguna ayuda. Probablemente, lo primero que haya descubierto la mujer al tomar la pluma es que no existía ninguna frase común lista para su uso. Todos los grandes novelistas como Thackeray, Dickens y Balzac han escrito una prosa natural, rápida pero no descuidada, expresiva pero no afectada, adoptando su propio estilo sin dejar de ser propiedad común. La basaron en la frase que era habitual en su tiempo. La frase común a principios del siglo diecinueve venía a ser, diría, algo así: "La grandeza de sus obras era a sus ojos un argumento en favor, no de detenerse, sino de continuar. No podía conocer mayor emoción ni satisfacción que el ejercicio de su arte y la concepción inacabable de la verdad y la belleza. El éxito impulsa al esfuerzo; el hábito facilita el éxito". Esto es una frase de hombre; detrás de ella asoman Johnson, Gibbon y todos los demás. No era una frase adecuada para una mujer. Charlotte Brontë, pese a su espléndido talento para la prosa, con esta arma torpe en las manos tambaleó y cayó. George Eliot cometió con ella atrocidades indescriptibles. Jane Austen la miró, se rio de ella e inventó una frase perfectamente natural, bien lograda, que le era adecuada, y nunca se apartó de ella. Así, entonces, con menos genio literario que Charlotte Brontë, logró decir muchísimo más. No cabe duda de que, siendo la libertad y la plenitud de expresión parte de la esencia del arte, la falta de tradición, la escasez e impropiedad de los instrumentos deben haber pesado enormemente sobre las obras femeninas. Además, los libros no están hechos de frases colocadas una al lado de la otra, sino de frases construidas, si se me permite la imagen, en arcos y domos. Y también esta forma la han instituido los hombres de acuerdo con sus propias necesidades y para sus propios propósitos. No hay más motivo para creer que les cabe a las mujeres la forma del poema épico o de la obra de teatro poética que tanto como la frase masculina.

Pero todos los géneros literarios más antiguos ya estaban fijados, coagulados cuando la mujer empezó a escribir. Solo la novela era todavía lo suficientemente joven como para ser blanda en sus manos, otro motivo quizá por el que la mujer escribió novelas. Incuso, ¿quién podría afirmar que "la novela" (lo escribo entre comillas para indicar mi sentido de la impropiedad de las palabras), quién podría afirmar que esta forma más flexible que las otras sí tiene la configuración adecuada para ser usada por la mujer? No cabe duda de que algún día, cuando la mujer disfrute del libre uso de sus partes, le dará la configuración que desee y encontrará un vehículo, no forzosamente en verso, para expresar la poesía que lleva dentro. Porque la poesía sigue siendo la salida prohibida. Y traté de imaginar cómo escribiría hoy en día una mujer una tragedia poética en cinco actos. ¿Usaría el verso? ¿O usaría, mejor, la prosa? Pero estas son preguntas difíciles que reposan en la penumbra del futuro. Debo dejarlas de lado, aunque solo sea porque me impulsan a apartarme de mi tema y meterme en bosques sin sendero donde me perdería y donde, seguramente, me devorarían las fieras. No quiero arrojarme, y estoy segura de que ustedes tampoco quieren que me arroje, dentro de este tema lúgubre, el porvenir de la novela, de modo que solo me detendré un momento, para hacerles reparar en el papel importante que, en lo referido a las mujeres, las condiciones físicas deberán desempeñar en este porvenir. El libro, en cierta forma, tiene que adaptarse al cuerpo y, hablando al azar, diría que los libros de las mujeres deberían ser más breves, más concentrados que los de los hombres y construidos de modo que no necesiten largos ratos de trabajo regular e ininterrumpido. Porque interrupciones siempre habrá. También, los nervios que alimentan el cerebro parecen ser diferentes en el hombre y la mujer y si quieren que la mujer trabaje lo mejor y lo más que pueda, hay que encontrar qué trato le conviene, saber si estas horas de clase, por ejemplo, que establecieron los monjes, supongo, hace cientos de años, les convienen, cómo alternar el trabajo y el descanso, y no entiendo por descanso no hacer nada, sino hacer algo diferente. Y ¿cuál debería ser esta diferencia? Habría que discutir y descubrir todo esto; todo ello forma parte del tema las mujeres y la novela. Y, sin embargo, continué acercándome de nuevo a los estantes, ¿dónde podré encontrar este detallado estudio de la psicología femenina hecho por una mujer? Si porque las mujeres no pueden jugar al fútbol no les van a permitir que practiquen la medicina... Por fortuna, aquí mis pensamientos tomaron otro camino.

Cinco

Había llegado por fin, en mi viaje, a los estantes en que estaban los libros de autores vivos, de autores de uno y otro sexo; porque ahora son casi tantos los libros escritos por mujeres como los escritos por hombres. O, si esto no es completamente cierto todavía, si el varón sigue siendo el sexo parlante, sí es verdad que las mujeres ya no escriben solamente novelas. Están los libros de Jane Harrison sobre arqueología griega, los de Vernon Lee sobre estética, los de Gertrude Bell sobre Persia. Libros sobre toda una gama de temáticas que hace una generación ninguna mujer hubiera podido tocar. Hay libros de poemas, y obras de teatro, y libros de crítica; libros de historia y biografías, libros de viajes y libros de notable erudición y ardua investigación; hay incluso algunos libros de filosofía y algunos de ciencias y economía. Y aunque las novelas siguen predominando, también este género, probablemente, ha cambiado al vincularse con libros de otras categorías. La simplicidad natural, la fase épica de la literatura femenina quizás haya terminado. La lectura y la crítica han abierto posiblemente a la mujer un rango más amplio, le han dado mayor sutileza. El impulso hacia la autobiografía quizá ya se haya agotado. Tal vez ahora la mujer está empezando a llegar a la escritura como un arte, no como un método de autoexpresión. Entre estas nuevas novelas quizá se pueda hallar respuesta a varias de estas preguntas.

Elegí un libro al azar. Estaba al final del estante, se llamaba *La aventura de la vida* o algo por el estilo, estaba escrito por Mary Carmichael y había salido este mismo mes de octubre. Parece ser su primer libro, me dije, pero debe leerse como si fuera el último volumen de una serie bastante larga, la continuación de todos los demás libros que había hojeado: los poemas de Lady Winchilsea, las obras teatrales de Aphra Behn y las novelas de las cuatro grandes novelistas. Porque los libros se continúan unos a otros, a pesar de nuestra costumbre de juzgarlos separadamente. Y también debo considerarla a ella —a esta mujer desconocida— como la descendiente de todas estas mujeres sobre cuya vida he echado una breve ojeada y ver cuáles de sus características y de las restricciones que les fueron impuestas ha heredado. Así, pues, con un suspiro, porque frecuentemente las novelas son un paliativo más bien que un antídoto y nos hacen caer poco a poco en su sueño letárgico en lugar de excitarnos como una antorcha encendida, me propuse, con un lápiz y un cuaderno, juzgar la primera novela de Mary Carmichael, *La aventura de la vida*. Para comenzar, recorrí rápidamente la página de arriba abajo con la vista. Voy a familiarizarme primero con el ritmo de su escritura, dije, antes de llenar mi memoria de ojos azules y marrones y de la relación entre Chloe y Roger. Ya me quedará tiempo para esto cuando haya decidido si la autora tiene en la mano una pluma o un azadón. Leí en voz alta una o dos frases. Rápidamente entendí que algo no funcionaba. El deslizamiento de una frase a otra se veía interrumpido. Algo se rompía, algo arañaba; alguna palabra aislada encendía su antorcha ante mis ojos. La autora "se soltaba", como dicen en las viejas comedias. Parece una persona que frota un fósforo que no quiere encenderse, pensé. Pero ¿por qué no tienen las frases de Jane Austen la forma adecuada para ti?, le pregunté como si hubiera estado presente. ¿Deben suprimirse todas porque Emma y Mr. Woodhouse están muertos? Lástima que así sea, suspiré. Pues así como Jane Austen navega de melodía en melodía como Mozart de canción en canción, leer esta escritura era como estar en el océano en un bote descubierto. Ahora estábamos arriba, ahora nos hundíamos. Esta brevedad, este corto aliento, quizás indicaban que la autora tenía miedo de algo; temía que la llamaran sentimental, quizás; o tal vez recuerda que el estilo femenino ha sido tildado de florido y entonces le agrega unas espinas superfluas; pero hasta que no haya leído una escena cuidadosamente no podré estar segura de si está siendo ella misma o si trata de ser otra persona. En cualquier caso, no disminuye la vitalidad del lector, pensé leyendo con más atención. Pero acumula demasiados hechos. No podrá hacer uso ni de la mitad en un libro de esta extensión. (Era como la mitad de *Jane Eyre*). Sin embargo, se las arregló para embarcarnos a todos –Roger, Chloe, Tony y Mr. Bigham– en una canoa que subía el río. Espera un momento, dije recostándome en la silla, debo analizar la cuestión más detenidamente antes de continuar.

Estoy casi segura de que Mary Carmichael nos está tendiendo una trampa. Porque siento lo que se siente en las montañas rusas cuando el vagón, en vez de caer como es esperable, súbitamente gira y sube. Mary está manipulando la secuencia esperada. Primero rompió la frase; ahora ha roto la secuencia. Muy bien, tiene todo el derecho de hacer ambas cosas, siempre y cuando no las haga solamente con la intención de romper, sino con la de crear. De cuál de las dos opciones se trata en este caso no podré saberlo hasta que no se haya enfrentado con alguna situación. Le dejaré total libertad para elegir esta situación, dije; la puede fabricar con latas de conservas o con teteras viejas, si quiere; pero debe convencerme de que cree que es una situación; y luego, cuando la haya creado, debe enfrentarla. Debe pegar el salto. Y, decidida a cumplir para con ella con mi deber como lectora si ella cumplía para conmigo con su deber como escritora, di vuelta la página y leí... Siento interrumpir esto tan abruptamente pero, ¿no hay ningún hombre presente? ¿Me prometen que detrás de aquella cortina roja no se esconde la silueta de Sir Charles Biron? ¿Me aseguran que somos todas mujeres? Entonces, puedo decirles que las palabras que a continuación leí eran exactamente estas: "A Chloe le gustaba Olivia...". No se sobresalten. No se ruboricen. Admitamos en la intimidad de nuestra propia sociedad que estas cosas suceden a veces. A veces a las mujeres les gustan las mujeres.

"A Chloe le gustaba Olivia", leí. Y entonces me di cuenta de lo inmenso que era ese cambio. Era, tal vez, la primera vez que en la literatura a Chloe le gustaba Olivia. A Cleopatra no le gustaba Octavia. ¡Y qué diferente hubiera sido *Antonio y Cleopatra* si le hubiese gustado! Tal como fue escrita la obra, pensé, dejando, lo admito, que mi pensamiento se apartase de *La aventura de la vida*, todo queda simplificado, absurdamente convencionalizado, si me atrevo a decir semejante cosa. El único sentimiento que Octavia le inspira a Cleopatra son celos. ¿Es más alta que yo? ¿Cómo se peina? La obra quizá no necesitaba más. Pero qué interesante hubiera sido si la relación entre las dos mujeres hubiera sido más compleja. Todas las relaciones entre mujeres, pensé recorriendo rápidamente la magnífica galería de figuras femeninas, son demasiado simples. Se han dejado tantas cosas de lado, tantas cosas sin probar. Y traté de recordar entre todas mis lecturas algún caso en que dos mujeres hubieran sido presentadas como amigas. Se ha intentado vagamente en *Diana of the Crossways*. Naturalmente, hay confidentes en el teatro de Racine y en las tragedias griegas. De vez en cuando hay madres e hijas. Pero casi sin excepción se describe a la mujer desde el punto de vista de su relación con hombres. Era extraño que, hasta Jane Austen, todos los personajes femeninos importantes de la literatura no solo hubieran sido vistos exclusivamente por el otro sexo, sino desde el punto de vista de su relación con el otro sexo. Y esta es una parte tan pequeña de la vida de una mujer… Y qué poco puede un hombre saber siquiera de esto observándolo a través de los anteojos negros o rosados que el sexo le pone sobre la nariz. De ahí, quizá, la naturaleza peculiar de la mujer en la literatura; los sorprendentes extremos de su belleza y su horror; su alternar entre una bondad celestial y una depravación infernal. Porque así es cómo la veía un enamorado, según su amor crecía o desaparecía, según era un amor feliz o desgraciado. Esto no se aplica a las novelas del siglo diecinueve, por supuesto. La mujer tiene entonces más matices, se vuelve complicada. De hecho, quizá fue el deseo de escribir sobre las mujeres lo que impulsó a los hombres a abandonar gradualmente el teatro poético, que con su violencia podía hacer poco uso de ellas, y a inventar la novela como espacio más adecuado. Aun así, es obvio, incluso en la obra de Proust, que a los hombres les cuesta mucho conocer a la mujer y la miran con parcialidad, tal como les ocurre a las mujeres con los hombres.

Además, proseguí, volviendo de nuevo los ojos hacia la página, se está viendo cada vez más claramente que las mujeres tienen, como los hombres, otros intereses, aparte de los intereses inagotables de lo doméstico. "A Chloe le gustaba Olivia. Compartían un laboratorio...". Seguí leyendo y descubrí que estas dos jóvenes se ocupaban de machacar hígado, que es, según parece, una cura para la anemia perniciosa; aunque una de ellas estaba casada y tenía —no creo equivocarme— dos hijos pequeños. Ahora bien, todo esto antes se tuvo que dejar de lado, naturalmente, y entonces el maravilloso retrato literario de la mujer resulta extremadamente sencillo y monótono. Supongamos, por ejemplo, que en la literatura se presentara a los hombres sólo como los amantes de mujeres y nunca como los amigos de hombres, como soldados, pensadores, soñadores; ¡qué pocos papeles podrían desempeñar en las tragedias de Shakespeare! ¡Cómo sufriría la literatura! Quizá nos quedase la mayor parte de Otelo y buena parte de Antonio; pero no tendríamos a César, ni a Bruto, ni a Hamlet, ni a Lear, ni a Jaques. La literatura se empobrecería notablemente, de igual manera que la ha empobrecido hasta un punto indescriptible el que tantas puertas les hayan sido cerradas a las mujeres. Casadas en contra de su voluntad, forzadas a permanecer en una sola habitación, a hacer una única tarea, ¿cómo hubiera podido un dramaturgo hacer de ellas una descripción completa, interesante y verdadera? El amor era el único intérprete posible. El poeta se veía obligado a ser apasionado o amargo, a menos que decidiera "odiar a las mujeres", lo que muy a menudo era signo de que tenía poco éxito con ellas.

Ahora bien, si a Chloe le gusta Olivia y comparten un laboratorio, lo que en sí ya hará su amistad más diversa y durable, pues será menos personal; si Mary Carmichael sabe escribir, y yo empezaba a degustar cierta calidad en su estilo; si cuenta con una habitación propia, de lo que no estoy del todo segura; si cuenta con quinientas libras al año —esto habría que verlo—, entonces creo que ha sucedido algo muy importante.

Porque si a Chloe le gusta Olivia y Mary Carmichael sabe expresarlo, encenderá una antorcha en esta gran habitación en la que nadie ha entrado aún. Allí todo sucede a media luz y hay sombras hondas, como en esas cuevas serpenteantes en las que uno avanza con una vela en la mano, mirando con atención por todos lados, sin saber dónde pisa. Y me puse de nuevo a leer el libro y leí que Chloe miraba a Olivia colocar un tarro en un estante y decía que era hora de volver a casa, donde la aguardaban los niños. Una imagen así jamás se ha visto desde que empezó el mundo, exclamé. Y yo también miré, con mucha curiosidad. Porque quería ver cómo se las ingeniaba Mary Carmichael para capturar estos gestos jamás registrados, estas palabras nunca dichas o dichas a medias, que se forman, no más tangibles que las sombras de las polillas en el techo, cuando las mujeres están solas y no las ilumina la luz caprichosa y coloreada del otro sexo. Para conseguirlo deberá contener un momento la respiración, dije continuando mi lectura; porque las mujeres desconfían tanto de cualquier interés que no se vea justificado por obvias intenciones, están tan tremendamente acostumbradas a vivir escondidas y suprimidas que desaparecen a la primera ojeada vigilante que les dirigen. La única forma, pensé, hablándole a Mary Carmichael como si hubiera estado allí, sería hablar de alguna otra cosa, mirando fijamente por la ventana, y anotar, no con un lápiz en un anotador, sino con la más sintética de las estenografías, con palabras que todavía no tienen sílabas, casi, lo que ocurre cuando Olivia —este organismo que ha estado aproximadamente un millón de años bajo la sombra de la roca— queda expuesta a la luz y ve llegar hacia ella una curiosa delicia: el conocimiento, la aventura, el arte. Y estira la mano para tomarla, pensé, levantando de nuevo la vista del libro, y tiene que encontrar una combinación enteramente nueva de sus recursos, tan altamente desarrollados para otros fines, para incorporar lo nuevo a lo viejo sin perturbar el equilibrio infinitamente intrincado y elaborado balance del todo.

Pero, pobre de mí, había hecho lo que me había propuesto no hacer: había caído irreflexivamente en la alabanza de mi propio sexo. "Altamente desarrollados" e "infinitamente intrincado y elaborado" eran, claramente, formas de la alabanza, y el alabar al propio sexo es siempre sospechoso y a menudo tonto; por otra parte, en este caso, ¿cómo justificarlo? No podía tomar un mapa y decir que Colón había descubierto América y que Colón era una mujer; o tomar una manzana y decir que Newton había descubierto las leyes de la gravedad y que Newton era una mujer; o contemplar el cielo y decir que pasaban unos aviones y que los aviones habían sido inventados por una mujer. No hay ninguna marca en la pared que mida la altura exacta de las mujeres. No hay medidas con yardas limpiamente divididas en pulgadas que permitan medir las cualidades de una buena madre o la devoción de una hija, la fidelidad de una hermana o la eficiencia de un ama de casa. Son pocas, incluso hoy, las mujeres que han sido valoradas en las universidades; apenas se han sometido a las grandes pruebas de las profesiones libres, del ejército, de la marina, del comercio, de la política y de la diplomacia. Siguen, todavía hoy, casi sin clasificar. Pero si quiero saber cuánto puede decirme un ser humano sobre Sir Hawley Butts, por ejemplo, me basta con abrir los almanaques de Burke o Debrett y sabré que se graduó de tal y cual carrera, que posee una propiedad, tiene un heredero, fue secretario de una junta, representó a Gran Bretaña en Canadá y que se le han otorgado un determinado número de títulos, cargos, medallas y otras distinciones que graban en él de modo indeleble sus méritos. Sólo la Providencia puede saber más cosas sobre Sir Hawley Butts.

Por eso, cuando digo "altamente desarrollados" e "infinitamente intrincado y elaborado" refiriéndome a las mujeres, no puedo comprobar la exactitud de mis palabras en los almanaques de Whitaker o Debrett o el almanaque de la Universidad. ¿Qué hacer en ese caso? Y miré de nuevo los estantes. Estaban las biografías: Johnson, Goethe, Carlyle, Sterne, Cowper, Shelley, Voltaire, Browning y muchos más. Y me puse a pensar en todos aquellos grandes hombres que, por un motivo u otro, han admirado, suspirado por, vivido con, hecho confidencias a, hecho el amor a, escrito sobre, confiado en y dado muestras de lo que sólo puede definirse como cierta necesidad y dependencia de algunas personas del sexo opuesto. Que todas estas relaciones fueran absolutamente platónicas no me animaría a afirmarlo y Sir William Joynson Hicks probablemente lo negaría. Pero estaríamos cometiendo una injusticia muy grande hacia estos hombres ilustres insistiendo en que todo lo que obtuvieron de estas alianzas fue consuelo, halago y los placeres del cuerpo. Lo que obtuvieron, es evidente, es algo que su propio sexo no podía ofrecerles; y tal vez no sería apresurado definirlo más precisamente, evitando citar las palabras evidentemente rapsódicas de los poetas, como cierto estímulo, cierta renovación de la fuerza creadora que sólo el sexo opuesto tiene el don de ofrecer. Él abría la puerta del salón o del cuarto de los niños, pensé, y encontraba a la mujer rodeada de sus hijos quizás, o con un bordado en las manos, centro en cualquier caso de un orden y un sistema de vida diferentes, y el contraste entre este mundo y el suyo, que a lo mejor era los tribunales o la Cámara de los Comunes, inmediatamente lo refrescaba y vigorizaba; y sin duda volvía a aparecer, naturalmente, incluso en la charla más sencilla, esa diferencia de opiniones, que las ideas que en él se habían secado eran de nuevo fertilizadas y el verla a ella crear en un ambiente diferente del suyo debía vivificar de tal modo su fuerza creadora que insensiblemente su mente estéril empezaba de nuevo a discurrir y encontraba la frase o la escena que le faltaba al ponerse el sombrero para ir a visitarla. Cada Johnson tiene su Mrs. Thrale y se aferra a ella por motivos de esta clase y cuando la Thrale se casa con su profesor de música italiano, Johnson se vuelve loco de rabia e indignación, no sólo porque echará de menos sus agradables veladas en Streatham, sino porque será como si la luz de su vida "se hubiera apagado".

Y sin ser el Dr. Johnson, Goethe, Carlyle o Voltaire, uno puede notar, aunque de modo muy distinto a como la percibieron estos grandes hombres, la naturaleza de este hecho complejo y la fuerza creadora de esta potestad muy desarrollada en la mujer. Una mujer entra en una habitación... (pero los recursos del idioma inglés serían duramente cuestionados y bandadas enteras de palabras tendrían que abrirse camino ilegítimamente en la existencia para que la mujer pudiera decir lo que ocurre cuando ella entra en una habitación). Las habitaciones son radicalmente distintas: son tranquilas o tormentosas; miran al mar o, por el contrario, a un patio de cárcel; en ellas está la ropa limpia tendida o viven los ópalos y las sedas; son duras como pelo de caballo o suaves como una pluma. Basta entrar en cualquier habitación de cualquier calle para que esta fuerza sumamente compleja de la feminidad lo golpee a uno en la cara. ¿Cómo podría ser de otra forma? Durante millones de años las mujeres han estado sentadas en casa, y ahora las paredes mismas están impregnadas de esta fuerza creadora, que ha saturado así la capacidad de los ladrillos y del cemento que forzosamente se mezcla con las plumas, los pinceles, los negocios y la política. Pero esta fuerza creadora es muy distinta al poder creador del hombre. Y debe concluirse que sería una lástima terrible que le pusieran trabas o lo desperdiciaran, porque es la conquista de muchos siglos de la más dura disciplina y no hay nada que lo pueda sustituir. Sería una lástima terrible que las mujeres escribieran como los hombres, o vivieran como los hombres, o se parecieran físicamente a los hombres, porque dos sexos son ya pocos, dada la vastedad y variedad del mundo; ¿cómo nos las arreglaríamos, pues, con uno solo? ¿No debería la educación buscar y fortalecer más bien las diferencias y no los puntos de semejanza? Porque ya somos demasiado parecidos, y si un explorador regresara con la noticia de otros sexos atisbando por entre las ramas de otros árboles bajo otros cielos, nada podría ser más útil a la Humanidad; y tendríamos además el inmenso placer de ver al profesor X ir corriendo a buscar sus cintas métricas para probar su "superioridad".

Suficientemente ocupada estará Mary Carmichael solamente observando, pensé, mientras flotaba todavía a cierta distancia de la página. Por eso temo que sienta la tentación de convertirse en lo que es, desde mi perspectiva, la rama menos interesante de la especie, la novelista naturalista, en lugar de la novelista contemplativa. Tiene frente a sí tantos hechos nuevos para mirar. No tendrá que conformarse más con las casas respetables de la clase media acomodada. Entrará sin amabilidad ni condescendencia, pero con espíritu de camaradería, en estas habitaciones pequeñas y perfumadas donde están sentadas la cortesana, la prostituta o la dama con el perrito faldero. Continúan allí, con los vestidos burdos y prefabricados que el escritor hombre no tuvo más remedio que ponerles. Pero Mary Carmichael sacará las tijeras y se los ajustará a cada hueco y ángulo. Será un espectáculo singular, cuando llegue, ver a todas estas mujeres tal como son, pero debemos esperar un poco, porque todavía detendrá a Mary Carmichael aquella timidez en presencia del "pecado" que es la herencia de nuestra barbarie sexual. Todavía llevará en los pies las viejas cadenas de porquería de la clase.

Pese a todo, la mayor parte de las mujeres no son ni prostitutas ni cortesanas; ni se pasan las tardes de verano acariciando perritos falderos sobre terciopelos polvorientos. Pero, ¿qué hacen, entonces? Y apareció frente a los ojos de mi mente una de estas largas calles de algún lugar al sur del río, cuyas infinitas hileras de casas contienen una población incontable. Con los ojos de la imaginación vi a una dama muy anciana cruzando la calle del brazo de una mujer de media edad, su hija quizás, ambas tan respetablemente prolijas y cubiertas de pieles que cada tarde el vestirse debía de ser un ritual, y seguramente conservaban los trajes en alcanfor año tras año en los roperos durante los meses de verano. Cruzan la calle mientras se encienden las lámparas (porque el atardecer es su hora favorita), como sin duda han venido haciendo año tras año. La más anciana está cerca de los ochenta; pero si alguien le preguntara qué sentido ha tenido su vida para ella, diría que recuerda las calles iluminadas para celebrar la batalla de Balaclava, o que oyó los cañonazos disparados en Hyde Park con motivo del nacimiento del rey Eduardo II. Y si alguien le preguntara, ansioso de precisar el momento con fecha y estación: "Pero ¿qué estaba haciendo usted el 5 de abril de 1868 o el 2 de noviembre de 1875?", pondría una expresión vaga y diría que no se acuerda de nada. Porque todas las cenas están cocinadas, todos los platos y tazas lavados; los niños han sido enviados a la escuela y se han abierto camino en el mundo. Nada queda de todo ello. Todo se ha desvanecido. Ni las biografías ni los libros de Historia lo mencionan. Y las novelas, sin proponérselo, mienten.

Y todas estas vidas infinitamente oscuras todavía restan por contar, dije dirigiéndome a Mary Carmichael como si hubiera estado allí; y continué andando por las calles de Londres sintiendo en imaginación la presión del silencio, la sumatoria de vidas que no se han contado: la de las mujeres paradas en las esquinas, con los brazos en jarras y los anillos hundidos en sus dedos hinchados de grasa, hablando con modulaciones semejantes al ritmo de las palabras de Shakespeare; la de las violeteras; la de las vendedoras de fósforos; la de las viejas brujas estacionadas bajo los portales; o la de las muchachas que andan a la deriva y cuyo rostro señala, como oleadas de sol y nube, la cercanía de hombres y mujeres y las luces titubeantes de las vidrieras. Todo esto lo tendrás que explorar, le dije a Mary Carmichael, tomando firmemente tu antorcha. Por sobre todas las cosas, debes iluminar tu propia alma, sus profundidades y frivolidades, sus vanidades y generosidades, y decir lo que significa para ti tu belleza y tu fealdad, y cuál es tu relación con el mundo siempre cambiante y rodante de los guantes, y los zapatos, y los chismes que se balancean hacia arriba y hacia abajo entre sutiles perfumes que se escapan de botellas de boticario y bajan por entre arcos de tela para vestidos hasta un suelo de mármol falso. Porque en mi imaginación había ingresado a un negocio; estaba embaldosada de negro y blanco; colgaban en ella, con un efecto de singular belleza, cintas de colores. Mary Carmichael podría muy bien echar un vistazo a esta tienda al pasar, porque era un espectáculo digno de ser descripto como lo son una cumbre nevada o un desfiladero rocoso de los Andes. Y detrás del mostrador se encuentra una muchacha; me interesaría más leer su historia verdadera que la ciento cuarenta y nueve vida de Napoleón o el estudio número setenta sobre Keats y su uso de la inversión miltoniana que el viejo Profesor Z y sus colegas están escribiendo en este momento. Y luego continué con cuidado, en puntas de pie (tan cobarde soy, tanto miedo tengo del látigo que una vez casi azotó también mis hombros), a murmurar que también debería aprender a reírse, sin amargura, de las vanidades —digamos más bien singularidades, que es una palabra menos ofensiva— del otro sexo. Porque todos tenemos en la nuca una mancha del tamaño de un chelín que nosotros mismos no alcanzamos a ver. Ese es uno de los favores que un sexo podría hacerle al otro: el describir esta mancha del tamaño de un chelín que todos tenemos en la nuca.

Piensen qué útiles les han sido a las mujeres los comentarios de Juvenal, las críticas de Strindberg. ¡Recuerden con cuánta claridad y cuánto brillo, desde los tiempos más antiguos, los hombres les han marcado a las mujeres esta mancha que tienen en la nuca! Y si Mary fuera muy valiente y muy honrada se pondría detrás del otro sexo y nos diría qué ve allí. No se podrá pintar un auténtico retrato general del hombre hasta que una mujer no haya descrito esta mancha del tamaño de un chelín. Mr. Woodhouse y Mr. Casaubon son manchas de este tamaño y tipo. No quiero decir, naturalmente, que nadie en su sano juicio le aconsejaría a Mary que se dedicara a burlarse o a ridiculizar, la literatura muestra la inutilidad de todo lo que se ha escrito con esta intención. Sé sincera, podríamos sugerirle, y el resultado será necesariamente de un interés inusitado. Necesariamente se enriquecerá la comedia. Necesariamente se descubrirán nuevos hechos.

Con todo, iba siendo hora de que volviera a posar mis ojos en el libro. Sería mejor, en lugar de especular sobre lo que Mary Carmichael podría y debería escribir, ver qué escribía en realidad Mary Carmichael. Entonces volví a la lectura. Recordé que tenía algunos reproches para hacerle. Había quebrado la frase de Jane Austen, y me negó de esa manera la posibilidad de jactarme de mi gusto impecable, de mi oído crítico. Porque de nada servía decir: "Sí, sí, todo esto es muy lindo; pero Jane Austen escribió mejor que tú", cuando tenía que admitir que no había entre ellas el menor punto de semejanza. Luego, Mary Carmichael había ido más lejos y habría quebrado la secuencia, el orden esperado. Quizá lo había hecho inconscientemente, limitándose a dar a las cosas su orden natural, como lo haría una mujer si escribiera como una mujer. Pero el efecto era un tanto desconcertante; no se podía ver cómo se acumulaba la ola, cómo aparecía la crisis a la vuelta de la esquina. No podía, pues, jactarme de la profundidad de mis sentimientos ni de mi hondo conocimiento del corazón humano. Porque cada vez que estaba a punto de sentir las cosas habituales en los lugares habituales, sobre el amor, la muerte, la irritante mujer tironeaba de mí, como si el objetivo importante estuviera justo un poquito más allá. Y de esa manera no me dejó desplegar mis frases resonantes sobre "sentimientos elementales", "el material del que estamos hechos", "las profundidades del corazón humano" y todas esas frases que sustentan nuestra idea de que, por muy ingeniosos que seamos superficialmente, por debajo somos muy serios, muy profundos y muy humanos. Me hizo sentir, al contrario, que en lugar de serios, profundos y humanos, tal vez seamos, simplemente —y este pensamiento era mucho menos seductor— mentalmente perezosos y, por ende, convencionales. Pero continué leyendo y analicé algunos hechos más. Mary Carmichael no era "un genio", esto estaba claro. No tenía ni un ápice del amor a la naturaleza, la imaginación ardorosa, la poesía desenfrenada, el ingenio brillante, la sabiduría contemplativa de sus grandes predecesoras, Lady Winchilsea, Charlotte Brontë, Emily Brontë, Jane Austen y George Eliot; no sabía escribir con la melodía y la dignidad de Dorothy Osborne; no era, en realidad, más que una chica astuta cuyos libros, sin duda alguna, los editores convertirían en pasta dentro de diez años. Pese a todo, tenía ciertas ventajas que mujeres con mucho más talento no poseían hace apenas medio siglo.

A sus ojos, los hombres habían dejado de ser el "bando contrario"; no precisaba perder tiempo estallando en insultos contra ellos; no necesitaba subirse al techo e interrumpir la paz de su espíritu suspirando por viajes, experiencia y un conocimiento del mundo y de la gente que le había sido negado. El miedo y el odio habían casi desaparecido o sólo se observaban atisbos de ellos en una tenue exageración de la alegría de la libertad, en una tendencia al comentario ácido o satírico, más que al romántico, cuando se refería al otro sexo. Por otra parte no cabía duda de que, como novelista, tenía ciertas virtudes de alta categoría. Tenía una sensibilidad muy extensa, anhelante y autónoma, que reaccionaba prácticamente al toque más imperceptible. Se deleitaba, como una planta recién brotada, con cada visión y sonido que le salía al paso. Además se movía, muy sutilmente y de forma muy curiosa, por entre cosas desconocidas o nunca registradas; se iluminaba al contacto de pequeñas cosas y mostraba que quizás no eran tan pequeñas después de todo. Sacaba a la luz cosas enterradas y le hacía a uno preguntarse qué necesidad había habido de enterrarlas. No sin torpeza y sin la inconsciente influencia de una larga herencia, de esa clase de herencia que hace que la menor frase de un Thackeray o un Lamb sea una pura delicia al oído, había comprendido —comenzaba yo a creer— la primera lección importante: escribía como una mujer, pero como una mujer que ha olvidado que es una mujer, de modo que sus páginas estaban llenas de esta curiosa cualidad sexual que sólo se logra cuando el sexo no es consciente de sí mismo.

Todo esto estaba muy bien. Pero ni lo abundante de sus sensaciones, ni la delicadeza de su percepción le servirían para nada si no era capaz de construir con lo pasajero y lo personal el edificio perdurable que permanece de pie. Yo había dicho que iba a esperar a que se enfrentara con "una situación". Quería decir con esto hasta que me demostrase, llamándome, haciéndome señas y encontrándose conmigo, que no era una simple acariciadora de la superficie, sino que había mirado debajo, en las profundidades. Ha llegado la hora, se diría a sí misma en determinado momento, de mostrar sin hacer nada violento el significado de todo esto. Y comenzaría –¡qué inconfundible es esta aceleración!– a llamar y hacer señas, y se despertarían en nuestra memoria cosas un poco olvidadas, quizá del todo frívolas, aparecidas en otros capítulos y echadas a un lado. Y conseguiría que notáramos la presencia de estas cosas mientras alguien cosía o fumaba una pipa con la mayor naturalidad posible y a uno le parecería, a medida que ella iba escribiendo, como si hubiera ascendido a la cumbre del mundo y lo viera extendido, formidablemente, a sus pies. En cualquier caso lo estaba intentando. Y mientras la miraba preparándose para esa prueba, vi, pero esperé que ella no viera, a los obispos y los deanes, a los doctores y los profesores, a los patriarcas y los pedagogos gritándole todos advertencias y consejos. ¡No puedes hacer esto y no debes hacer aquello! ¡Sólo los estudiantes y los maestros pueden pisar el césped! ¡No se admite a las señoras sin una carta de presentación! ¡Gráciles señoritas que aspiran a ser novelistas, por aquí!

Así le gritaban, como la multitud agolpada ante la valla en una carrera de caballos, y su éxito dependía de que saltara la valla sin mirar a la derecha o a la izquierda. Si te paras para maldecir estás perdida, le dije; lo mismo si te paras para reír. Duda o tropieza y se terminará todo. Piensa en el salto, le pedí, como si hubiera apostado en ella todo mi dinero; y sorteó el obstáculo como un venado. Pero había otra valla después de esa, y después otra. Yo no estaba muy segura de que tuviera la resistencia suficiente, pues los aplausos y los gritos pondrían nervioso a cualquiera. Pero hizo lo que pudo. Teniendo en consideración que Mary Carmichael no era un genio, sino una muchacha desconocida que escribía su primera novela en su cuarto, sin mucha cantidad de estas cosas deseables, tiempo, dinero y ocio, no salía mal parada de la prueba, pensé.

Démosle otros cien años, concluí, leyendo el último capítulo —narices y hombros descubiertos se dibujaban desnudos contra un cielo estrellado, porque alguien había descorrido a medias las cortinas del salón—, démosle un cuarto propio y quinientas libras al año, dejémosle decir lo que quiera y omitir la mitad de lo que ahora pone en su libro y el día menos pensado escribirá un libro mejor. Será una poeta, dije, poniendo *La aventura de la vida*, de Mary Carmichael, al final del estante, dentro de los próximos cien años.

Seis

Al día siguiente, la luz de la mañana de octubre caía en haces polvorientos a través de las ventanas sin cortinas y el ruido del tránsito subía de la calle. Londres, a esa hora, empezaba a darse cuerda de nuevo; la fábrica se había puesto en marcha; las máquinas comenzaban a andar. La tentación, después de tanto leer, era mirar por la ventana y ver qué estaba haciendo Londres en aquella mañana del 26 de octubre de 1928. ¿Y qué estaba haciendo Londres? En apariencia, nadie estaba leyendo *Antonio y Cleopatra*. Londres parecía del todo indiferente, al menos eso parecía, a las tragedias de Shakespeare. A nadie le importaba en lo más mínimo –y yo no se lo reprochaba– el futuro de la novela, el fin de la poesía o la creación, por parte de la mujer corriente, de un estilo de prosa que expresara plenamente su modo de pensar. En el caso de que alguien hubiera escrito con tiza en la vereda sus opiniones sobre alguna de estas cuestiones, nadie se hubiese agachado para ver qué decían. La indiferencia de los pies apurados hubiese borrado todo registro de esto en media hora. Por aquí venía un mensajero; por allá una señora con un perro. El encanto de las calles de Londres radica en que nunca hay en ella dos personas iguales; cada cual parece absorto en algún asunto personal y privado. Estaba la gente de negocios, con sus pequeños portafolios; estaban los paseantes, que golpeaban a su paso las rejas con sus bastones; estaban las personas amables a las que las calles les sirven como salón de un club, hombres con carretones que gritaban y daban información que nadie les pedía. También estaban los funerales, provocando, a medida que avanzaban, que los hombres recordaran súbitamente que un día morirían sus propios cuerpos, provocando, así, que se descubrieran. Y más tarde un caballero muy elegante bajó despacio los escalones de un portal y se detuvo para evitar un choque con una dama apurada que había conseguido, de alguna u otra manera, un espléndido abrigo de pieles y un ramito de violetas de Parma. Todos parecían separados, ensimismados, ocupados en sus propios asuntos.

Entonces, como tan frecuentemente sucede en Londres, el tránsito quedó absolutamente parado y en silencio. No venía nadie por la calle; no pasaba nada. Una hoja solitaria se separó del plátano que crecía al final de la calle y, en medio de esta pausa y este detenimiento, cayó. De alguna manera, pareció una señal, una señal que hacía resaltar en las cosas una fuerza en la que uno no había reparado. Parecía señalarnos la presencia de un río que fluía, invisible, calle abajo hasta doblar la esquina y tomaba a la gente y la arrastraba en sus remolinos, de igual modo que el arroyo de Oxbridge se había llevado al estudiante en su bote y las hojas muertas. Ahora traía de un lado de la calle al otro, en diagonal, a una muchacha con botas de charol y también a un joven que llevaba un abrigo marrón; también traía un taxi; y los trajo a los tres hasta un punto situado exactamente debajo de mi ventana; donde el taxi se paró y la muchacha y el joven se pararon; y subieron al taxi; y entonces el taxi se fue deslizándose como si la corriente lo hubiese arrastrado hacia otro lugar.

El espectáculo era por completo común; lo que era raro era el orden rítmico que mi imaginación le había impuesto y el hecho de que el espectáculo común de dos personas bajando la calle y encontrándose en una esquina pareciera librar mi mente de cierta tensión, pensé mirando cómo el taxi daba la vuelta y se alejaba. Tal vez el considerar, como yo había estado haciendo aquellos dos días, en un sexo separándolo del otro sea un esfuerzo. Rompía la unidad de la mente. Ahora aquel esfuerzo había terminado y ver a dos personas reunirse y subir a un taxi había restituido la unidad. Claro, la mente es un órgano muy misterioso, pensé, metiendo nuevamente la cabeza adentro, sobre el que no sabemos nada en absoluto, aunque dependamos de él completamente. ¿Por qué siento que hay disputas y peleas en la mente, de igual manera que hay en el cuerpo tensiones producidas por causas obvias? ¿Qué significa "unidad de la mente"?, me pregunté. Porque la mente tiene, evidentemente, el poder de concentrarse sobre cualquier punto en cualquier momento, tal poder que no parece estar constituido por un único estado de ser. Puede alejarse de la gente de la calle, por ejemplo, y pensar en sí misma mientras observa al resto desde una ventana alta. O puede, espontáneamente, pensar junto con otra gente, como ocurre, por ejemplo, en medio de una multitud que espera que lean una noticia. Puede regresar al pasado a través de sus padres o de sus madres, de la misma manera en que una mujer que escribe, como he dicho, está en contacto con el pasado a través de sus madres. Además, si una es mujer, frecuentemente se siente sorprendida por una súbita división de la conciencia: por ejemplo, cuando anda por Whitehall y deja de ser la heredera natural de esa civilización y se siente, por el contrario, marginada, distinta y crítica. Es inobjetable que la mente siempre está modificando su enfoque y considerando el mundo bajo diferentes perspectivas. Pero algunos de estos estados mentales parecen, aun cuando se adoptan espontáneamente, menos cómodos que otros. Para mantenerse en ellos, inconscientemente uno retiene algo, y gradualmente esta represión se convierte en un esfuerzo. Pero quizás haya algún estado en el que uno pueda mantenerse sin esfuerzo porque no necesita retener nada. Y este, pensé corriéndome de la ventana, quizá sea uno de ellos. Porque al ver a la pareja subir al taxi, me pareció que mi mente, tras haber estado dividida, se había reunificado en una fusión natural. La explicación que resulta obvia es que es natural que los sexos cooperen. Tenemos un instinto profundo, aunque irracional, en favor de la teoría de que la unión del hombre y de la mujer aporta la mayor satisfacción, la felicidad más completa. Pero ver a aquellas dos personas subiendo al taxi y la satisfacción que me produjo también hicieron que me pregunte si la mente tiene dos sexos que corresponden a los dos sexos del cuerpo y si necesitan también estar unidos para lograr la satisfacción y la felicidad totales. Y empecé, como pasatiempo, a bosquejar un plano del alma según el cual en cada uno de nosotros presiden dos poderes, uno macho y otro hembra; y en el cerebro del hombre predomina el hombre sobre la mujer y en el cerebro de la mujer predomina la mujer sobre el hombre. El estado de ser normal y cómodo es ese en el que los dos viven juntos en armonía, cooperando espiritualmente. Si se es hombre, la parte femenina del cerebro no deja de obrar; y la mujer también tiene contacto con el hombre que hay en ella. Tal vez Coleridge se refería a esto cuando dijo que las grandes mentes son andróginas. Cuando se efectúa esta fusión es cuando la mente queda fertilizada por completo y utiliza todas sus facultades. Quizás una mente puramente masculina no pueda crear, pensé, ni tampoco una mente puramente femenina. Pero era conveniente averiguar qué entendía uno por "un hombre con algo de mujer" y por "una mujer con algo de hombre", revisando un par de libros. Desde luego, Coleridge no se refería, cuando dijo que las grandes mentes son andróginas, a que sean mentes que sienten especial simpatía hacia las mujeres; mentes que defienden su causa o se dedican a su interpretación. Tal vez la mente andrógina es menos proclive a esta clase de distinciones que la mente de un solo sexo. Coleridge quiso decir quizá que la mente andrógina es resonante y porosa; que transmite la emoción sin impedimentos; que es creadora por naturaleza, incandescente e indivisa. De hecho, uno vuelve a pensar en la mente de Shakespeare como prototipo de mente andrógina, de mente masculina con elementos femeninos, aunque sería imposible decir qué pensaba Shakespeare de las mujeres. Y si es cierto que el no pensar especialmente o separadamente en la sexualidad es una de las características de la mente plenamente desarrollada, cuesta ahora muchísimo más que antes alcanzar esta condición. Recurrí entonces a los libros de autores vivos, e hice una pausa y me pregunté si este hecho no se hallaba en la raíz de algo que me había tenido durante mucho tiempo perpleja. No es posible que en ninguna época haya existido tan estrepitosa preocupación por la sexualidad como en la nuestra; una buena prueba de ello, es la enorme cantidad de libros que había en el British Museum escritos por hombres sobre las mujeres. Sin duda la culpa de eso la tenía la campaña de las sufragistas. Debía de haber despertado en los hombres un extraordinario deseo de autoafirmación; debía de haberles empujado a hacer resaltar su propio sexo y sus características, en las que no se habrían molestado en pensar si no les hubieran desafiado. Y cuando uno se siente desafiado, aunque sea por unas cuantas mujeres con gorros negros, reacciona, si no le han desafiado antes, un poco excesivamente. Quizás así se expliquen algunas de las características que recuerdo haber encontrado en este libro, pensé mientras sacaba del estante una nueva novela de Mr. A, que está en el auge de su vida y goza de muy buena fama, al parecer, entre los críticos. La abrí. Realmente, era encantador volver a leer un estilo masculino. Sonaba tan directo, tan claro después de leer estilos femeninos. Indicaba tanta libertad mental, tanta libertad personal, tanta confianza en uno mismo. Se sentía una oleada de bienestar ante aquella mente bien alimentada, bien educada, libre, que nunca había sufrido desvíos u oposiciones, que desde el nacimiento había podido, por el contrario, desarrollarse con total libertad en la dirección que quiso. Todo esto era admirable. Pero después de leer un capítulo o dos, me pareció que una sombra se levantaba, y cruzaba la página. Era una barra recta y oscura, una sombra con la forma de la letra "I"[18]. Empezaba uno a inclinarse hacia un lado y hacia el otro, tratando de vislumbrar el paisaje que había detrás. No se sabía a ciencia cierta si se trataba de un árbol o de una mujer andando. Siempre le hacían a uno volver a la letra "I".

Demasiada "I" empezaba a agotar. Es verdad, esta "I" era una "I" muy respetable; honrada y razonable; rígida como una nuez y pulida por siglos de buenas enseñanzas y buena comida. Respeto y admiro esta "I" desde lo más profundo de mi corazón. Sin embargo —aquí volví una página o dos, buscando algo— lo malo es que todo lo que está a la sombra de la letra "I" carece de forma, como la niebla. ¿Aquello es un árbol? No, es una mujer. Pero... no hay un solo hueso en su cuerpo, pensé contemplando cómo Phoebe (así se llamaba) atravesaba la playa. Entonces Alan se levantó y la sombra de Alan anuló a Phoebe. Porque Alan tenía opiniones y Phoebe se apagaba bajo el torrente de esas opiniones. Y Alan, pensé, también tiene pasiones; y me puse a adelantar las páginas muy rápidamente, sintiendo que la crisis

18 El juego de palabras que propone la autora es entre la letra "I" y el pronombre personal "yo".

se estaba acercando, y así era. Tuvo lugar en la playa bajo el sol. Se produjo muy abiertamente. Se produjo con mucho vigor. Nada hubiera podido ser más indecente. Pero... Había dicho "pero" demasiadas veces. Uno no puede seguir diciendo "pero". Tiene que terminar la frase de algún modo, me reproché a mí misma. La finalizaré con: "Pero... ¡me aburro!". Pero, ¿por qué me aburría? A causa, en parte, de lo mucho que predominaba la letra "I" y de la aridez a la que se ve condenada la tierra bajo un árbol gigantesco. Allí nada puede crecer. Y también por otro motivo más oscuro. Parecía haber alguna traba, algún impedimento en la mente de Mr. A que obstruía la fuente de la energía creadora y la hacía correr por un estrecho cauce. Y recordando a la vez aquel almuerzo en Oxbridge, y la ceniza del cigarrillo, y el gato sin cola, y a Tennyson y a Christina Rossetti, me pareció factible que allí estuviera la traba. Porque que Alan ya no susurra: "Ha caído una magnífica lágrima de la pasionaria que crece junto a la reja", cuando Phoebe cruza la playa y ella ya no responde: "Mi corazón es como un pájaro que canta cuyo nido se encuentra en un brote rociado" cuando Alan se acerca, ¿qué puede hacer él? Siendo honrado como el día y lógico como el sol, solo puede hacer una cosa. Y la hace, admitámoslo, una y otra vez (dije volviendo las páginas), y otra, y otra. Y esto, agregué, dándome cuenta del carácter tremendo de la confesión, resulta un tanto aburrido. La indecencia de Shakespeare anula de la mente otras mil cosas y está muy lejos de ser aburrida. Pero Shakespeare lo hace por gusto; Mr. A, como dicen las enfermeras, lo hace adrede. Lo hace en señal de protesta. Protesta contra la igualdad del otro sexo afirmando su propia superioridad. Lo que quiere decir que se siente frenado, inhibido e inseguro de sí mismo, como quizá se hubiera sentido Shakespeare si también hubiera conocido a Miss Clough y Miss Davies. No cabe duda de que la literatura isabelina hubiera sido muy distinta si el movimiento feminista hubiese empezado en el siglo dieciséis y no en el siglo diecinueve.

Todo esto es, entonces, como decir, si toda esta teoría de los dos lados de la mente es correcta, que la virilidad ha cobrado conciencia de sí misma, o sea, que los hombres ya no escriben más que con el lado masculino del cerebro. Las mujeres hacen mal en leer sus libros, pues invariablemente buscan en ellos algo que no pueden encontrar. Es la capacidad de sugerir lo que de inmediato se echa de menos, pensé, eligiendo un libro del crítico Mr. B y leyendo con mucho cuidado, muy a consciencia, sus reflexiones sobre el arte poético. Eran muy adecuadas, inteligentes y rebosantes de cultura; pero lo malo es que sus sentimientos habían dejado de comunicarse entre sí; su mente parecía dividida en diferentes habitaciones; ningún sonido pasaba de una a otra. Por eso, cuando uno toma en su mente una frase de Mr. B, la frase cae pesadamente al suelo, muerta; pero cuando uno toma en su mente una frase de Coleridge, la frase explota y da origen a un sinfín de ideas nuevas, y esta es la única clase de escritura que puede considerarse poseedora del secreto de la vida eterna.

Pero cualquiera sea su causa, es un hecho que debemos deplorar. Porque significa —había llegado a las hileras de libros de Mr. Galsworthy y Mr. Kipling— que algunas de las mejores obras de los mejores escritores vivos caen en oídos sordos. Haga lo que haga, una mujer no puede encontrar en ellas esta fuente de vida eterna que los críticos le aseguran que está allí. No sólo celebran virtudes masculinas, imponen valores masculinos y describen el mundo de los hombres; la emoción, además, que impregna estos libros es incomprensible para una mujer. Está llegando, se está reuniendo, está a punto de explotar en mi mente, empieza una a decirse bastante antes del final. Aquel cuadro se le caerá en la cabeza al viejo Jolyon; morirá del susto; el viejo clérigo pronunciará sobre él algunas frases solemnes; y todos los cisnes del Támesis se pondrán a cantar a la vez. Pero una se escapará antes de que esto ocurra y se esconderá en las matas de grosellas, porque la emoción que a un hombre le parece tan profunda, tan sutil, tan simbólica, a una mujer la deja perpleja. Esto es lo que sucede con los oficiales de Mr. Kipling, que vuelven la Espalda, y con sus Sembradores que siembran la Semilla, y con sus Hombres que están solos con su Trabajo; y la Bandera... Todas estas mayúsculas la hacen a una ruborizarse, como si la hubiesen sorprendido escuchando a escondidas en una orgía puramente masculina. Lo cierto es que ni Mr. Galsworthy ni Mr. Kipling tienen en ellos una sola chispa femenina. Todas sus cualidades, si se permite la generalización, le parecen, entonces, crudas e inmaduras a una mujer. No tienen capacidad de sugerir. Y cuando un libro no tiene la capacidad de sugerir, no importa cuán duro golpee la superficie de la mente, no puede entrar en ella.

Y con el ánimo inquieto con que uno saca libros de los estantes y los vuelve a poner en su sitio sin mirarlos, me dispuse a conjeturar una era futura de virilidad pura, de autoafirmación de la virilidad, como la que las cartas de los profesores (tomemos las cartas de Sir Walter Raleigh, por ejemplo) parecen pronosticar y que los gobernantes de Italia ya han iniciado. Porque difícilmente deja uno de sentirse impresionado en Roma por una sensación inmitigada de masculinidad; y sea cual fuere desde el punto de vista del estado el valor de la masculinidad inmitigada, su efecto sobre el arte de la poesía es discutible. En cualquier caso, según los periódicos, reina en Italia cierta ansiedad acerca de la novela. Ha habido una reunión de académicos cuyo objeto era "desarrollar la novela italiana". "Hombres famosos por su nacimiento, o en los círculos financieros, la industria o las corporaciones fascistas" se reunieron el otro día y discutieron el asunto, y se envió al *Duce* un telegrama en que se expresaba la esperanza de que "la era fascista pronto produciría un poeta digno de ella". Podemos unirnos todos a esta esperanza, pero dudo mucho que la poesía pueda nacer de una incubadora. La poesía debería tener una madre, lo mismo que un padre. El poema fascista, hay motivos para temer, será un pequeño aborto horrible como los que se ven en tarros de cristal en los museos de las ciudades de provincias. Estos monstruos nunca viven mucho tiempo, se dice; nunca se ven prodigios de esta clase cortando la hierba en un prado. Dos cabezas en un cuerpo no garantizan una larga vida.

Pese a todo, la culpa de todo esto, si es que uno precisa encontrar a un culpable, no la tiene un sexo más que el otro. Los responsables son todos los seductores y los reformadores: Lady Bessborough, que mintió a Lord Granville; Miss Davies, que le dijo la verdad a Mr. Greg. Son culpables todos los que han contribuido a despertar la conciencia del sexo y son ellos quienes me empujan, cuando quiero usar al máximo mis facultades en un libro, a buscar esta satisfacción en aquella época feliz, anterior a Miss Davies y Miss Clough, en que el escritor utilizaba ambos lados de su mente a la vez. Para ello debemos ir a Shakespeare, porque Shakespeare era andrógino, e igualmente lo eran Keats y Sterne, Cowper, Lamb y Coleridge. Shelley, tal vez, carecía de sexo. Puede que Milton y Ben Jonson hayan tenido en ellos una pizca de varón de más. Lo mismo Wordsworth y Tolstoi. En nuestros tiempos, Proust era del todo andrógino, o quizás un poco demasiado femenino. Pero este error es demasiado raro para que se lo reprochemos, porque sin alguna mezcla de esta clase el intelecto parece predominar y las demás facultades de la mente se endurecen y se vuelven estériles. Me consolé, sin embargo, pensando que quizás estemos en un momento pasajero; mucho de lo que dije obedeciendo a mi promesa de revelarles el curso de mis pensamientos les parecerá de otra época; mucho de lo que se enciende en mis ojos podrá parecerles dudoso a ustedes que todavía no han llegado a la mayoría de edad.

A pesar de ello, la primerísima frase que escribiré aquí, dije mientras iba hacia el escritorio y tomaba la hoja que tenía por título "Las Mujeres y la novela", es que es nefasto para todo aquel que escribe el pensar en su sexo. Es nefasto ser un hombre o una mujer a secas; una debe ser "mujer con algo de hombre" u "hombre con algo de mujer". Es nefasto para una mujer subrayar en lo más mínimo una queja, abogar, incluso justamente, por una causa; en fin, el hablar a consciencia como una mujer. Y por nefasto entiendo mortal; porque todo lo que se escribe con esta parcialidad consciente está condenado a morir. Deja de ser fecundo. Por brillante y efectivo, potente y genial que parezca un día o dos, envejecerá al anochecer; no puede crecer en la mente de los demás. Algún tipo de colaboración debe operarse en la mente entre la mujer y el hombre para que el arte de la creación pueda realizarse. Debe consumarse una boda entre elementos opuestos. La totalidad de la mente debe permanecer abierta de par en par si queremos captar la impresión de que el escritor está comunicando su experiencia con perfecta plenitud. Es necesario que haya libertad y es necesario que haya paz. No debe rechinar ni una rueda, no debe parpadear ni una luz. Las cortinas deben estar cerradas. El escritor, pensé, una vez que su experiencia ha terminado, debe recostarse y dejar que su mente celebre sus bodas en la oscuridad. No debe mirar ni preguntarse qué está pasando. Debe, en cambio, deshojar una rosa o contemplar los cisnes que flotan despacio río abajo. Y volví a ver la corriente que se había llevado el bote con el estudiante y las hojas muertas; y el taxi tomó al hombre y a la mujer, pensé, viéndolos cruzar la calle para reunirse, y la corriente los arrastró, pensé, oyendo a lo lejos el rugido del tráfico londinense, hacia aquel río impresionante.

Aquí, pues, Mary Beton para de hablar. Les ha dicho cómo llegó a la conclusión —la prosaica conclusión— de que hay que tener quinientas libras al año y una habitación con una cerradura para poder escribir novelas o poemas. Ha pretendido dejar al desnudo los pensamientos y las impresiones que la invitaron a pensar esto. Les ha pedido que la siguieran mientras volaba a los brazos de un bedel, almorzaba aquí, cenaba allá, hacía dibujos en el British Museum, sacaba libros de los estantes, miraba por la ventana. Mientras hacía todas estas cosas, ustedes por supuesto han estado observando sus errores y flaquezas y decidiendo qué efecto tenían sobre sus opiniones.

Han estado contradiciéndola y agregando y sacando cuanto les ha parecido acertado. Así es como tiene que ser, porque con un tema de esta clase, la verdad sólo puede obtenerse colocando, uno junto a otro, muchos errores distintos. Y terminaré ahora en mi propio nombre, adelantando dos críticas tan evidentes que difícilmente podrían dejar de hacérmelas.

No ha emitido usted ninguna opinión, tal vez me digan, sobre la comparación de méritos del hombre y de la mujer, ni siquiera como escritores. Esto lo hice adrede, porque, incluso suponiendo que sea el momento de hacer semejante valoración –y por ahora es mucho más importante saber cuánto dinero tenían las mujeres y cuántas habitaciones, antes que especular sobre sus capacidades–, incluso suponiendo que hubiese llegado este momento, no creo que las dotes, ya sea de la mente o del carácter, se puedan pesar como el azúcar o la manteca, ni siquiera en Cambridge, donde saben tanto de poner a la gente en categorías y de colocar birretes sobre su cabeza e iniciales detrás de su apellido. Yo no creo que ni siquiera la Tabla de Precedencias, que encontrarán en el Almanaque de Whitaker, represente un orden de valores definitivo ni que haya ningún serio motivo para suponer que un Comendador del Baño acabará precediendo en el comedor a un Maestro de Locura. Todo este competir de un sexo con otro, de una cualidad con otra; todos estos reclamos de superioridad e imputaciones de inferioridad corresponden a la etapa de las escuelas privadas de la existencia humana, en que hay "bandos" y un bando debe vencer a otro y tiene una importancia enorme andar hasta una tarima y recibir de manos del Director en persona un jarrón muy decorativo. A medida que crece, la gente deja de creer en bandos, en directores y en jarrones muy decorativos. En cualquier caso, respecto de los libros, es sumamente difícil pegar etiquetas de mérito de modo que no se caigan. ¿Acaso las críticas de libros contemporáneos no muestran permanentemente la dificultad de emitir juicios? "Este excelente libro", "este libro sin importancia": se le otorgan al mismo libro ambos calificativos. Ni la alabanza ni la censura significan nada. Por divertido que sea, el pasatiempo de medir es la más inútil de las tareas y el someterse a los decretos de los medidores la más indigna de las actitudes. Lo que importa es que escriban lo que quieran escribir; y nadie puede decir si importará durante mucho tiempo o unas horas. Pero sacrificar un solo pelo de la cabeza de la visión de ustedes, un solo tono de su color en virtud de un director de escuela con una copa de plata en la mano o algún profesor que esconde en la manga una cinta de medir, es la más baja de las traiciones; en comparación, el sacrificio de la riqueza y de la castidad, que solía considerarse el peor desastre humano, es pura insignificancia.

En segundo lugar, puede que me reprochen el haber insistido demasiado sobre la importancia de lo material. Incluso concediendo al simbolismo un amplio margen y suponiendo que quinientas libras signifiquen el poder de contemplar y un pestillo en la puerta el poder de pensar por sí mismo, quizá me digan que la mente tendría que elevarse por encima de estas cosas; y que los grandes poetas a menudo han sido pobres. Déjenme entonces citarles las palabras de su propio profesor de Literatura, que sabe mejor que yo qué entra en la fabricación de un poeta. Sir Arthur Quiller-Couch escribe: "¿Cuáles son los grandes nombres de la poesía de estos últimos cien años más o menos? Coleridge, Wordsworth, Byron, Shelley, Landor, Keats, Tennyson, Browning, Arnold, Morris, Rossetti, Swinburne. Detengámonos aquí. De estos, todos menos Keats, Browning y Rossetti tenían una formación universitaria; y de estos tres, Keats, que murió joven, en la flor de la edad, era el único que no disfrutaba de una posición bastante acomodada. Tal vez parezca brutal decir esto, y por supuesto que es triste tener que decirlo, pero lo rigurosamente cierto es que la teoría de que el genio poético sopla donde se le da la gana y tanto entre los pobres como entre los ricos, es bastante poco cierta. Lo estrictamente cierto es que nueve de estos doce poetas tenían una formación universitaria: lo que significa que, de algún modo, obtuvieron los medios para hacerse de la mejor educación que Inglaterra puede dar. Lo estrictamente cierto es que de los tres restantes, Browning, como saben, era rico, y apuesto cualquier cosa a que, si no lo hubiera sido, no hubiera logrado escribir *Saúl* o *El anillo y el libro*, de la misma manera en que Ruskin no hubiera podido escribir *Pintores modernos* si su padre no hubiera sido un próspero hombre de negocios. Rossetti tenía una pequeña renta personal; además pintaba. Sólo queda Keats, al que Átropos asesinó joven, como mató a John Clare en un manicomio y a James Thomson por medio del láudano que tomaba para drogar su decepción. Es una terrible verdad, pero debemos enfrentarnos con ella. Lo cierto —por poco que nos honre como nación— es que, debido a alguna falla de nuestro sistema social y económico, el poeta pobre no tiene hoy día, ni ha tenido durante los pasados doscientos años, la menor oportunidad. Créanme —y he pasado gran parte de diez años estudiando unas trescientas veinte escuelas elementales—, hablamos mucho de democracia, pero de hecho en Inglaterra un niño pobre no tiene muchas más esperanzas que un esclavo ateniense de lograr esta libertad intelectual de la que nacen las grandes obras literarias".

Nadie podría haber expuesto el problema con más claridad. "El poeta pobre no tiene hoy día, ni ha tenido durante los últimos doscientos años, la menor oportunidad... En Inglaterra un niño pobre no tiene más esperanzas que un esclavo ateniense de lograr esta libertad intelectual de la que nacen las grandes obras literarias". Exactamente. La libertad intelectual depende de cosas materiales. La poesía depende de la libertad intelectual. Y las mujeres siempre han sido pobres, no sólo durante doscientos años, sino desde el principio de los tiempos. Las mujeres han gozado de menos libertad intelectual que los hijos de los esclavos atenienses. Las mujeres no han tenido, pues, la menor oportunidad de escribir poesía. Por eso he insistido tanto sobre el dinero y sobre el tener un cuarto propio. Sin embargo, gracias a los esfuerzos de estas mujeres desconocidas del pasado, de estas mujeres de las que desearía que supiéramos más cosas, gracias, por una curiosa ironía, a dos guerras, la de Crimea, que dejó salir a Florence Nightingale de su salón, y la Primera Guerra Mundial, que le abrió las puertas a la mujer corriente unos sesenta años más tarde, estos problemas están en camino a ser reparados. Si no, no estarían ustedes aquí esta noche y sus posibilidades de ganar quinientas libras al año, aunque tristemente, lamento decirlo, siguen siendo precarias, serían ínfimas.

De todos modos, tal vez me digan: ¿por qué le parece a usted tan importante que las mujeres escriban libros, si, según dice, requiere tanto esfuerzo, puede llevarla a una a asesinar a su tía, muy probablemente la hará llegar tarde a almorzar y quizás la empuje a discusiones muy serias con muy buenas personas? Mis motivos, debo admitirlo, son en parte egoístas. Como a la mayoría de las inglesas poco instruidas, me gusta leer, me gusta leer cantidades de libros. Últimamente mi régimen se ha vuelto un tanto monótono; en los libros de Historia hay demasiadas guerras; en las biografías, demasiados grandes hombres; la poesía ha demostrado, creo, cierta tendencia a la esterilidad, y la novela... Pero mi incapacidad como crítica de novela moderna ha quedado bastante en evidencia y no agregaré nada más sobre este asunto. Por tanto, les pediré que escriban toda clase de libros, que no duden ante ningún tema, por trivial o inabarcable que parezca. Espero que encuentren, a como dé lugar, suficiente dinero para viajar y vagar, para contemplar el futuro o el pasado del mundo, soñar leyendo libros y quedarse en las esquinas, y hundir hondo la caña del pensamiento en la corriente. Porque bajo ningún punto de vista quiero que se limiten a la novela. Me agradaría mucho —y hay miles como yo— si escribieran libros de viajes y aventuras, de investigación y altamente eruditos, libros históricos y biografías, libros de crítica, filosofía y ciencia. De esta manera sin duda beneficiarían el arte de la novela. Porque en cierta manera los libros se influencian unos a los otros. La novela solamente puede mejorar cuando se encuentra con la poesía y la filosofía. Además, si estudian alguna de las grandes figuras del pasado, como Safo, Murasaki, Emily Brontë, verán que es una heredera al mismo tiempo que una fundadora y que ha cobrado vida porque las mujeres se han acostumbrado a escribir como cosa natural; de modo que sería muy valioso que desarrollaran esta actividad, aunque fuera como preludio a la poesía.

Pero al repasar estas notas y criticar la progresión de mis pensamientos cuando las escribí, me doy cuenta de que mis motivos no eran del todo egoístas. En todas estas observaciones y razonamientos late la convicción —¿o será el instinto?— de que los buenos libros son deseables y de que los buenos escritores, incluso cuando se puede encontrar entre ellos todas las variedades de la depravación humana, no dejan de ser buenas personas. Cuando les pido que escriban más libros, las insto, pues, a que hagan algo para su bien y para el bien del mundo en general. Cómo justificar este instinto o creencia, no lo sé, porque, si uno no se ha educado en una universidad, los términos filosóficos fácilmente pueden inducirle en error. ¿Qué se entiende por "realidad"? La realidad parece ser algo muy caprichoso, muy poco digno de confianza: a veces se la encuentra en un camino polvoriento, a veces en la calle en un pedazo de periódico, a veces en un narciso abierto al sol. A veces ilumina a un grupo en una habitación y señala unas palabras casuales. Lo emociona a uno una noche, cuando vuelve andando a casa bajo las estrellas y hace que el mundo silencioso parezca más real que el de la palabra. Y ahí está de nuevo en un ómnibus en medio de la multitud de Piccadilly. A veces, también, parece estar en formas demasiado lejanas a nosotros como para que podamos entender su naturaleza. Pero vuelve a cuanto toca algo fijo y permanente. Esto es lo que queda cuando se ha echado en el seto la piel del día; es lo que queda del pasado y de nuestros amores y odios. Ahora bien, el escritor, me parece, tiene más oportunidad que los demás de vivir de cara a la realidad. A él le corresponde encontrarla, recogerla y comunicárnosla al resto de la humanidad. Esto es, en todo caso, lo que supongo cuando leo *El Rey Lear*, *Emma* o *En busca del tiempo perdido*. Porque la lectura de estos libros parece, curiosamente, operar como una curiosa lente para nuestros sentidos; después de leerlos vemos con más intensidad; el mundo parece haberse despojado del velo que lo cubría y haber cobrado una vida más intensa. Estas son las personas envidiables que viven enemistadas con la irrealidad; y estas son las personas dignas de compasión, que son golpeadas en la cabeza por lo que es hecho con ignorancia o despreocupación. De forma que cuando les pido que ganen dinero y tengan un cuarto propio, les pido que vivan en presencia de la realidad, que lleven una vida, al parecer, estimulante, les sea o no les sea posible comunicarla.

Yo concluiría aquí, pero la convención dicta que todo discurso debe terminar con una arenga. Y una arenga dirigida a mujeres tendría que tener, estarán de acuerdo conmigo, algo especialmente exaltante y ennoblecedor.

Debería implorarles que recuerden sus responsabilidades, la responsabilidad de ser más elevadas, más espirituales; debería recordarles que muchas cosas dependen de ustedes y la influencia que pueden ejercer sobre el porvenir. Pero estos consejos se los podemos encargar sin riesgo, creo, al otro sexo, que las hará, que ya se las ha hecho, mucho más convincentemente de lo que yo sería capaz. Aunque rebusque en mi mente, no encuentro ningún sentimiento noble sobre de ser compañeros e iguales e influir en el mundo conduciéndolo hacia fines más elevados. Sólo se me ocurre decir, breve y prosaicamente, que es mucho más importante ser uno mismo que cualquier otra cosa. No sueñen con influenciar a otra gente, les diría, si pudiera hacerlo sonar como algo exaltado. Piensen en las cosas en sí.

Y también me acuerdo, cuando hojeo los periódicos, las novelas, las biografías, de que una mujer que habla a otras mujeres debe reservarse algo desagradable que decirles. Las mujeres son duras con las mujeres. A las mujeres no les gustan las mujeres. Las mujeres… Pero, ¿no están hartas de esta palabra? Yo sí, les aseguro. Aceptemos, pues, que una conferencia dictada por una mujer ante mujeres debe terminar con algo particularmente desagradable.

Pero ¿cómo hacerlo? ¿Qué se me ocurre? A decir verdad, frecuentemente me gustan las mujeres. Me gusta que sean poco convencionales. Me gusta su entereza. Me gusta su anonimato. Me gusta… Pero no debo seguir por ese camino.

Aquel armario de allí ustedes dicen que sólo contiene servilletas limpias, pero ¿qué pasaría si Sir Archibald Bodkin estuviera escondido entre ellas? Déjenme, entonces, adoptar un tono más serio. ¿Les he transmitido con suficiente claridad, en las palabras anteriores, las advertencias y las reconvenciones del sector masculino de la humanidad? Les he contado en qué bajo concepto las tenía Mr. Oscar Browning. Les he indicado qué pensó un día de ustedes Napoleón y qué piensa hoy Mussolini. Después, por si por alguna casualidad, alguna de ustedes aspira a escribir novelas, he copiado para su beneficio el consejo que les da el crítico, de que reconozcan con valentía las limitaciones de su sexo. He hablado del profesor X y subrayado su convencimiento de que las mujeres son intelectual, moral y físicamente inferiores a los hombres. Les he dado cuanto ha llegado a mis manos sin que yo haya ido en busca de ello, y aquí tienen una advertencia final, de parte de Mr. John Langdon Davies.

Mr. John Langdon Davies advierte a las mujeres que "cuando los niños dejen por completo de ser deseables, las mujeres dejarán del todo de ser necesarias". Espero que hayan tomado nota.

¿Qué más les puedo decir que las incite a entregarse a la tarea de vivir? Muchachas, podría decirles, y les ruego que presten atención porque empieza la arenga, son, en mi opinión, vergonzosamente ignorantes. Nunca han hecho ningún descubrimiento de importancia. Nunca han derrocado un imperio ni conducido un ejército a la batalla. Las obras de Shakespeare no las han escrito ustedes ni nunca han introducido a una raza de salvajes dentro de las bendiciones de la civilización. ¿Qué excusa tienen? Lo arreglan todo señalando las calles, las plazas y los bosques del globo donde pululan habitantes negros, blancos y color café, todos muy ocupados en traficar, negociar y hacer el amor, y diciendo que han tenido otro trabajo que hacer. Sin ustedes, dicen, nadie hubiera navegado por estos mares y estas tierras fértiles serían un desierto. "Hemos traído al mundo, criado, lavado e instruido, quizás hasta los seis o siete años, a los mil seiscientos veintitrés millones de humanos que, según las estadísticas, existen actualmente y esto, aunque algunas de nosotras hayan contado con ayuda, toma tiempo". Hay algo de verdad en lo que dicen, no lo negaré. Pero permítanme también recordarles que desde el año 1866 han funcionado en Inglaterra como mínimo dos colegios universitarios de mujeres; que a partir del año 1880 la ley ha autorizado a las mujeres casadas a ser dueñas de sus propios bienes y que en el año 1919 —es decir, hace ya nueve largos años— se le concedió el voto a la mujer. Les recordaré también que pronto hará diez años que la mayoría de las profesiones les están permitidas. Si meditan sobre estos inmensos privilegios y el tiempo que hace que vienen disfrutando de ellos, y sobre el hecho de que debe haber actualmente unas dos mil mujeres capaces de ganar quinientas libras al año, admitirán que la excusa de que les han faltado las oportunidades, la preparación, el estímulo, el tiempo y el dinero necesarios no les sirve.

Además, los economistas nos dicen que Mrs. Seton ha tenido demasiados niños. Deben, por supuesto, seguir teniendo niños, pero dos o tres cada una, dicen, no diez o doce.

Entonces, con un poco de tiempo en sus manos y unos cuantos conocimientos librescos en sus cerebros –de los otros ya tienen suficientes y en parte las envían a la universidad, sospecho, para que no se eduquen– sin duda entrarán en otra etapa de su larga, trabajosa y oscurísima carrera. Mil plumas están preparadas para decirles lo que deben hacer y qué efecto tendrán. Mi propia sugerencia es un tanto fantástica, lo admito; prefiero, entonces, presentarla en forma de ficción.

Les he dicho durante el transcurso de esta conferencia que Shakespeare tenía una hermana; pero no encontrarán su nombre en la biografía escrita por Sir Sydney Lee. Murió joven… y, pobre de ella, jamás escribió una palabra. Se encuentra enterrada en un lugar en el que ahora paran los autobuses, frente al "Elephant and Castle". Ahora bien, yo creo que esta poeta que jamás escribió una palabra y se encuentra enterrada en este cruce de caminos vive todavía. Vive en ustedes y en mí, y en muchas otras mujeres que no están aquí esta noche porque están lavando los platos y acostando a los niños. Pero vive; porque los grandes poetas no mueren; son presencias permanentes; sólo precisan la chance de andar entre nosotros hechos carne. Esta chance, me parece, pronto podrán ofrecérsela a esta poeta. Porque yo creo que si vivimos aproximadamente otro siglo –me refiero a la vida común, que es la vida verdadera, no a las pequeñas vidas separadas que vivimos como individuos–, y si cada una de nosotras tiene quinientas libras al año y un cuarto propio; si nos acostumbramos a la libertad y tenemos el valor de escribir exactamente lo que pensamos; si nos evadimos un poco de la sala de estar común y vemos a los seres humanos no siempre desde el punto de vista de su relación entre ellos, sino de su relación con lo real; si además vemos el cielo, y los árboles, o lo que sea, en sí mismos; si tratamos de ver más allá del coco de Milton, porque ningún humano tendría que limitar su visión; si nos enfrentamos con el hecho, porque es un hecho, de que no tenemos ningún brazo al que aferrarnos, sino que estamos solas, y de que estamos relacionadas con el mundo de la realidad y no sólo con el mundo de los hombres y las mujeres, entonces, llegará la oportunidad y la poeta muerta que fue la hermana de Shakespeare recobrará el cuerpo del que tan a menudo se ha despojado. Extrayendo su vida de las vidas de las desconocidas que fueron sus antepasadas, como su hermano hizo antes que ella, nacerá. Sobre si llegará aun si nosotras no nos preparamos, no nos esforzamos, y si no estamos decididas a que, cuando haya vuelto a nacer, pueda vivir y escribir su poesía, esto no lo podemos esperar, porque es imposible. Pero yo sostengo que vendrá si trabajamos por ella, y que hacer este trabajo, incluso en la pobreza y la oscuridad, vale la pena.

Índice